LA
CROIX DU MEURTRE,

DERNIER ROMAN

D'AUGUSTE LAFONTAINE,

TRADUCTION LIBRE

PAR Mme ÉLISE VOÏART,

AUTEUR DE LA FEMME, OU LES SIX AMOURS.

TOME QUATRIÈME.

PARIS,

DELONGCHAMPS, ÉDITEUR-LIBRAIRE,

RUE HAUTEFEUILLE, N° 30.

—

1831.

IMPRIMERIE DE PLASSAN ET Cie.

LA

CROIX DU MEURTRE.

IV.

ON TROUVE CHEZ LE MÊME LIBRAIRE :

LA VIERGE D'ARDUÈNE, traditions gauloises, ou Esquisses des mœurs et usages de la nation avant l'ère chrétienne; par madame Élise Voïart, 1 vol. in-8°, figures. Paris, 1822 : Prix, 4 fr. 50 c.

IMPRIMERIE DE PLASSAN, ET Cie
Rue de Vaugirard, n° 15.

·LA
CROIX DU MEURTRE,

DERNIER ROMAN

D'AUGUSTE LAFONTAINE,

TRADUCTION LIBRE

PAR M꜀ᵉ ÉLISE VOÏART,

AUTEUR DE LA FEMME, OU LES SIX AMOURS.

TOME QUATRIÈME.

PARIS,

DELONGCHAMPS, ÉDITEUR-LIBRAIRE,

RUE HAUTEFEUILLE, Nº 30.

—

1831.

CROIX DU MEURTRE.

La lettre de Clara ne contenait
point tous ces détails; ceux qui con-
cernent Julius n'y étaient nullement
mentionnés, mais, à travers ces lignes,
à moitié effacées par des larmes, à
travers la sombre obscurité qui cou-
vrait toute la lettre, Hermann en-
trevit des vérités cruelles : c'est que
Clara, malgré tout ce qu'elle avait
d'aimable et de ravissant, n'était plus
digne de l'amour d'un honnête
homme, que le chevalier Dornbach

avait été son suborneur, et qu'enfin elle conjurait Hermann, au nom
de l'amour qu'il avait pour elle, de
ne jamais reparaître devant ses yeux,
car, après un tel aveu, elle ne pourrait supporter sa présence.

Nous savons qu'après cette lecture Hermann demanda à Robert son
uniforme. Il prit ses pistolets, les
chargea, et sortit : il avait d'avance
envoyé un cartel au chevalier, et lui
avait assigné dans le parc un endroit
pour en recevoir la réponse.

Arrivé dans ce lieu, la fraîcheur des
eaux, la beauté des ombrages, loin
d'apaiser l'émotion violente qui l'a-
gitait, ne faisaient que la rendre plus

douloureuse en lui rappelant Clara, avec qui, tant de fois, il avait parcouru ce lieu ; mais ce souvenir, loin de l'attendrir, n'excitait en lui que des transports de rage, la soif du sang et le mépris de la vie.

—Mais si je succombe! s'écria-t-il tout à coup, qui la vengera?.... car je veux qu'elle le soit... Séduction, violence, n'importe, tu es déshonorée! malheureuse! qui te vengera? Il me faut un second...

En ce moment il aperçut Julius, qui traversait une allée : l'enseigne revenait de la parade.

Il lui fit signe d'approcher, et, le regardant un instant en silence : —

Julius, lui dit-il, d'une voix sombre,
saurais-tu voir mourir un homme?
Julius tressaillit, puis il fit un signe
de tête affirmatif.

— Eh bien! tu vas me servir de
second! Oh! quelle joie, continua
Hermann avec impétuosité, d'abat-
tre à mes pieds ce misérable, cet infâme!... de jeter l'angoisse dans son
âme vile et cruelle! Julius, je compte
sur toi; si je succombe, tu achèveras
mon œuvre!... O Clara! ta honte du
moins sera vengée!

Au nom de Clara, une vive rougeur couvrit le front de Julius.

— Que dites-vous? s'écria-t-il, en
pressant fortement les mains d'Her-

mann, Clara! sa honte! Je suis là, moi.

Hermann le regarda avec une joie sauvage.

— Bien! bien, dit-il, nous serons deux, et l'infâme suborneur périra!...

— O Clara! Clara! s'écria Julius, en se jetant avec désespoir sur le sein d'Hermann, c'était donc là la cause de tes larmes secrètes?...

— Clara! s'écria à son tour Hermann, en revenant à lui; quel nom as-tu prononcé? es-tu fou?...

— Je ne suis pas fou! je suis le vengeur de Clara; et si je succombe vous serez le mien.

— Eh bien, viens ! dit Hermann ; tu es digne de servir une si belle cause.

Dans ce moment un domestique à la livrée du chevalier s'approcha d'Hermann, et lui remit un billet de son maître, qui, tout en exprimant dans les termes les plus polis la surprise où il était d'avoir affaire à M. Steuerwald, l'assurait qu'il serait exact au rendez-vous.

Les deux amis quittèrent le parc, et se rendirent hors de la ville au lieu indiqué par Hermann pour le combat ; tous deux marchaient d'un pas rapide ; et chacun, occupé de ses pensées, ne laissait échapper que des exclamations de colère ou de vengeance. Le timide Julius était devenu un homme ; quelque chose d'inflexible se peignait dans ses sourcils contractés, son regard était brûlant, sa parole brève, et tout dans sa personne annonçait le courage et la résolution d'une âme vertueuse.

— Julius, Julius, lui disait Hermann, je t'avais méconnu!... Oh! puissions-nous venger celle que j'ai tant aimée!....

— C'est ma parente, dit seulement Julius, je le dois.

Ils étaient en vue du petit bois terme de leur course; Julius ajouta,

en essuyant quelques pleurs qui
malgré lui gagnaient ses yeux :

— Mais si je succombe,... si ma
blessure est mortelle, alors je vous
ouvrirai mon cœur, ce cœur souf-
frant, ah ! d'une vive et cruelle blessure !...

L'arrivée du chevalier empêcha
Hermann de répondre. Il était seul,
la voiture était restée à quelque distance. Il s'avança d'un air riant vers
les deux amis, et demanda avec une
politesse étudiée, et en montrant le
billet d'Hermann, lequel des deux
était l'auteur de cette lettre, et à
quel motif il devait l'honneur d'une
telle invitation.

Les deux amis, et Hermann, surtout, s'étaient promis d'être calmes ; mais l'audacieuse sécurité du chevalier et ses paroles mielleuses le mirent hors de lui.

— Misérable ! il te sied bien de faire cette question ; interroge ta conscience, et elle te dira que tu n'es qu'un infâme hypocrite, un scélérat, un...

— Oui ! un monstre vomi par l'enfer !... s'écria Julius avec véhémence, et digne d'y retourner...

— Un abominable suborneur, digne du carcan et des galères !...

— Un criminel sur le front duquel Dieu a marqué le signe de réprobation.

— Et Satan sa griffe impitoyable.... Mais écoutons! Julius, écoutons la défense de ce traître! écoutons-le !... Et il mettait la main sur la bouche du jeune homme pour arrêter le torrent de ses imprécations.

Le chevalier tombait des nues ; la violence d'Hermann avait dans son expression quelque chose de comique. L'emportement de Julius était d'un caractère plus sombre, plus tragique. Celui auquel s'adressaient ces marques de colère si diverses fut tenté un moment de prendre cette scène pour une plaisanterie, et il répondit en riant : — Ces messieurs ont sans doute fait une gageure à qui des deux l'emporterait?...

— Oui, monstre! s'écria Julius, en s'avançant vers lui les yeux enflammés, nous avons fait la gageure à qui de nous deux punira tes forfaits....

Hermann tira froidement ses pistolets, et écartant doucement Julius:

— Séducteur de Clara!.. suborneur de l'innocence, dit-il, avec un accent terrible, me comprends-tu maintenant?... A ces mots, le chevalier devint pâle comme la mort, ses genoux tremblèrent sous lui, un frisson mortel parcourut tout son corps; en effet, il avait compris. Il voulut balbutier quelques mots.

— Point d'excuse ! interrompit
Hermann, c'est du sang que nous
voulons.... Nous sommes deux pour
l'obtenir.

— Ciel ! vous voulez donc m'as-
sassiner ! je n'ai point de témoins....

— Le ciel nous en servira, et la
mort décidera entre nous ; dépê-
chons....

— Vous le voulez, dit encore le
chevalier en s'efforçant de prendre
un air calme, soit ! qu'elle décide
donc....

Il prit l'un des pistolets, l'examina
avec soin, l'arma, et, se plaçant à la
distance convenable, il attendit avec

un courage apparent qu'Hermann
en eût fait autant.

— Julius! dit ce dernier, souviens-
toi de ta promesse?...

Mais le jeune homme, mettant la
main sur le pistolet, dit tout à coup :

— Hermann! laisse-moi l'honneur
de le punir, je t'en conjure;... j'ai
des droits, elle est ma parente....

— Mon droit est égal, car je l'aime....

— Eh bien! et moi aussi je l'aime... Oui, Hermann, je l'aime, depuis des années, d'un amour secret
mais passionné, insurmontable....
Ah! laisse-moi la venger, ou mourir
pour elle!... En disant ces mots, il

arracha l'arme des mains d'Hermann, qui, frappé d'une douloureuse émotion, ne s'opposa plus au
désir du jeune homme. Celui-ci se
posta au but marqué pour tirer, et,
dirigeant le pistolet sur son adversaire : — Tire, misérable ! lui dit-
il, c'est ton droit; mais si tu me
manques, je ne te manquerai point !

Le chevalier n'était point novice
dans ce genre de combat, et il avait
même la réputation d'être un bon
tireur ; mais, soit que le trouble
que lui causait sa conscience rendît
son bras mal assuré, soit l'effet du
hasard, son coup, qui aurait dû at-
teindre le cœur de Julius, s'écarta, et

passa au-dessus de l'épaule de son adversaire.

Celui-ci tira, et fut plus heureux; le chevalier tomba sur le coup et s'évanouit. Cependant la balle n'avait qu'effleuré le haut de la poitrine.

— Est-il mort? demanda froidement Hermann.

— Grâce! pitié! dit le chevalier en se relevant sur ses genoux : je suis grièvement blessé; mais si vous voulez me faire transporter et me suivre à ma maison de campagne, ici près, je vous donnerai toutes les satisfactions que vous voudrez... Je puis prendre encore des arrangements pour le

bonheur de Clara : de grâce, écoutez-moi !

Les deux amis avaient l'air de se
consulter, et Hermann disait avec
amertume : — Enfant! ta main a
tremblé; pourquoi ne m'as-tu pas
laissé le combat, Clara serait vengée.
Ces mots redoublèrent l'angoisse du
chevalier : — Par pitié! dit-il, ne
me laissez pas mourir ici sans secours! Je perds tout mon sang. Ah!
vous êtes venus un jour trop tôt; je
voulais donner à la jeune demoiselle
offensée toute satisfaction. De grâce!
appelez mes gens.

Julius fit avancer la voiture, on y
plaça le blessé, et les deux amis sui-

virent la voiture, qui, en peu d'instants, transporta le chevalier chez lui ; on le mit au lit, et on appela un chirurgien. La blessure était assez grave ; avant le pansement, le chevalier invita les deux amis à rester encore, promettant de leur donner bientôt toute satisfaction.

Quand il fut en état de parler et d'écrire, il essaya, tout en avouant son crime, de faire l'apologie de sa conduite : il n'avait pu faire lever l'obstacle que son titre de chevalier de Malte avait mis à son mariage, le prince s'y étant d'abord opposé ; mais il n'avait pourtant pas perdu tout espoir, etc. L'impatient Hermann ne voulut écouter aucune de ces raisons. Après bien des explications, qui apprirent aux jeunes gens toute la fourberie du misérable, son procédé à l'égard de l'héritage, chose qu'ils ignoraient, le chevalier souscrivit une obligation d'une somme égale à la valeur de l'héritage contesté, en faveur de sa tante, madame de Dornbach, et une promesse de mariage pour Clara, s'il guérissait de sa blessure.

Après avoir signé cette dernière, il la présenta à Hermann d'un air de triomphe.

Hermann la lut, fronça le sourcil, et dit, en rejetant le papier sur la table :

— Il ne s'agit pas de cela, monsieur ; je n'ai point mission d'enchaî-
ner la liberté de Clara ; je n'ai voulu
que vous punir et la venger. Ainsi,
monsieur, écrivez que vous êtes prêt
à donner à mademoiselle de Lodran
toutes les satisfactions qu'elle pourra
exiger, car c'est à elle seule à prononcer sur son sort.

Le chevalier voulut faire quelques
objections ; le regard menaçant des
deux jeunes gens le réduisit au silence : il écrivit tout ce qu'on voulut.

— Songez à tenir vos promesses,
dit Hermann ; car une cuirasse d'a-
cier ne garantirait pas votre cœur
lâche et parjure.

Tous deux le quittèrent, et retournèrent à la ville.

— Oh! pourquoi ma main a-t-elle tremblé! disait Julius avec l'accent du regret; le misérable obtiendra la main de Clara, et nous n'aurons que les tourments de l'enfer.

— Il ne l'obtiendra point, Julius! non! elle ne se donnera point à lui. Si elle le faisait.... Alors!... pourquoi l'aurions-nous aimée !....: Non! elle ne l'épousera point! Au surplus, porte-lui ces papiers, et que son cœur prononce sur notre sort à tous.

—Y penses-tu? moi, lui porter cette preuve écrite de sa honte? Ne dois-je pas tout ignorer? elle-même ne doit jamais savoir que ce funeste secret m'a été révélé....

— Cœur généreux ! dit Hermann après un instant de silence : oui, continua-t-il avec une émotion vive et profonde, je le sens,... et tu viens de prononcer :.... je dois partir, et partir dès aujourd'hui; je lui écrirai.

Hermann, en rentrant, ôta son habit, et; jetant le brevet de Robert sur la table : — Tiens, mon frère, dit-il, voilà ton uniforme et tes épaulettes; j'ai terminé mon affaire, maintenant je pars !....

— Comment? dit Robert avec inquiétude, et pourquoi si prompte-

meht? Mais je pars avec toi, Hermann,
quoique je sois au moment de faire
une connaissance bien agréable, celle
du jeune baron de Greifenberg, ton
compagnon d'enfance ; il est attendu
dans une maison que je fréquente.
Mais si tu veux partir, mon Hermann, je te suivrai....

— Non, Robert, laisse-moi aller
seul, j'ai besoin de solitude ; il faut
que j'arrache de mon cœur et de ma
pensée des choses qui....

— Ah! je devine, cher Hermann,
n'est-ce pas? la demoiselle noble a
refusé le plébéien?

— Oui.... Mais j'ai encore d'autres
sujets de soucis pour lesquels il faut

que je sois complétement à moi-
même, et puis l'affection qui nous
lie m'entraînerait peut-être à te dire
des choses que je voudrais ensevelir
dans les entrailles de la terre.... Il
vaut donc mieux que je parte.

Robert n'insista plus. — Mais où
et quand nous reverrons-nous, cher
compagnon de ma vie? dit-il, attendri par l'idée de cette séparation.

—A Greifenberg, sur le côteau où
nous nous sommes rencontrés; j'y
serai au jour anniversaire de notre
naissance; si je ne t'y trouve point,
j'écrirai mon nom au crayon rouge
sur le socle de la croix, et l'époque
où je compterai pouvoir y revenir;

si tu m'y précèdes, fais-en autant.
Robert le lui promit. Hermann se
mit alors à écrire à Clara; il lui en-
voyait les papiers du chevalier, sans
lui dire de quelle manière il les avait
obtenus. « Adieu ! lui disait-il; de loin
comme de près votre bonheur sera
la pensée dominante de ma vie;
mais, en partant, j'emporte l'espoir
que vous serez heureuse.... Je laisse
un génie protecteur près de vous,
puissiez-vous en ressentir les salu-
taires influences, et vous souvenir
de mon vœu et de mon espoir. »

La valise du voyageur fut bientôt
faite. Il prit alors congé de son frère;
tous deux se promirent de s'aimer

toujours, et de se retrouver l'année
suivante à Greifenberg.

Hermann, avant de quitter la ville,
alla trouver Julius au poste où il était
de garde ; il évita de passer devant
la maison de Clara. — Je pars, bon
Julius, lui dit-il, je ne la reverrai
jamais! car comment, en effet, pour-
rait-elle me voir sans rougir!.... Je
te cède tous mes droits à son estime,
à sa tendresse..... O Julius! sois son
ange tutélaire! elle ne donnera point
sa main au misérable! Alors, Julius....
alors.... sois heureux! et rends-la
heureuse !.... Et Julius, éperdu, se
jeta dans les bras d'Hermann.

—Hermann, ne t'en va pas! c'est

toi qu'elle aime, je ne suis pour elle
que le pauvre Julius! Ah! si elle
connaissait ta conduite noble et gé-
néreuse, elle récompenserait tant
d'amour....

— Non, Julius, après les aveux
qu'elle m'a faits, elle ne peut plus
me revoir; c'est toi qui restes chargé
maintenant des intérêts de son honneur.... et de son bonheur. Adieu!....

— Adieu, Hermann; mais où te
retrouverai-je, je ne puis me résoudre à te perdre ainsi tout-à-fait;
quand pourrais-je te revoir?...

—Je ne sais, dit Hermann, en
serrant tendrement le jeune homme
sur son cœur, gonflé de douleur; je

ne sais;... mais la vie est longue....
Et puis!... ajouta-t-il en lui montrant
le ciel, qui commençait à se parse-
mer d'étoiles. Julius le comprit; il
lui serra vivement la main, et ils se
séparèrent en silence.

Hermann parcourut pendant quelques mois tout le sud de l'Allemagne,
sans autre but que celui de retrouver
la tranquillité de son âme, cruellement troublée par le souvenir de
Clara. Chaque jour il se disait : Pourquoi regretter un bien perdu sans
retour? Le bonheur d'aimer n'était
peut-être pas fait pour moi.... Eh
bien, tant mieux! je conserverai
mon indépendance, rien ne m'im-

posera une loi, rien n'arrêtera mes
pas dans la vie, je la parcourrai seul,
il est vrai, mais libre et sans entraves,
et ce bonheur-là en vaut bien un
autre....

Il le disait, mais, tout en se jouant
ainsi de son chagrin, il ne pouvait
s'en défaire; l'amour qu'il avait eu
pour Clara avait créé dans son ima-
gination le modèle d'une félicité, ta-
bleau riant, près duquel tous les
autres plans de bonheur pâlissaient:
c'était un simple paysage, une chaumière propre et commode ombragée
de tilleuls; sur la plaine fleurie deux
enfants se jouant avec un chien; sous
l'ombre des arbres, une jeune femme

allaitant un nourrisson; tout près
un petit champ de bled, un verger,
une source, une prairie avec un
troupeau; et, pour ornement, quelques pigeons azurés roucoulant sur
le toit de chaume; à la porte un
berceau de chèvrefeuille, et sous
les tilleuls un autel consacré au
bonheur domestique....

Ces images de paix et de joie étaient
trop profondément empreintes dans
son âme, pour s'effacer par les distractions du monde, et il eut beau
se précipiter dans le torrent des plaisirs et de la société, le désir du repos,
l'amour de la solitude n'en parla que
plus vivement à son cœur.

Ce furent ces dispositions qui le
déterminèrent dans le choix qu'il fit
de sa femme lorsqu'il retourna à
Greifenberg; il retrouva là tout à la
fois un père, une amante, une compagne, une chaumière et l'autel de
la félicité domestique, et cette félicité surpassa ses espérances. L'hiver
s'écoula pour lui dans un cercle non
interrompu de jouissances. Le souvenir de Clara avait perdu tout ce
qu'il avait de douloureux, et la pensée qu'il lui avait du moins été utile,
en écartait l'amertume. Quand le
mois de mai arriva, il espéra voir
arriver Robert. Il se rendit au monument, mais ce fut en vain qu'il

l'attendit jusqu'au soir. Il écrivit
au bas de la croix son nom et son
adresse dans le village, afin que, si
Robert y venait, il sût qu'il habitait
près de là. Il regrettait maintenant
de n'avoir pas imaginé un meilleur
moyen de retrouver son ami, car il
sentait le besoin de lui dire qu'enfin
il était heureux.

Clara, depuis l'instant où la pendule en faisant entendre cet air
fatal lui avait rappelé sa faute d'une
manière si soudaine et si douloureuse, était restée enfermée dans sa
chambre, où elle s'abandonnait aux

larmes amères d'un tardif repentir;
pendant long-temps elle demeura
plongée dans un sombre abatte-
ment; enfin elle sonna et demanda
à sa femme de chambre qui avait
remonté la pendule. Cette fille as-
sura qu'elle ne l'avait point touchée,
et, après être sortie pour s'en infor-
mer, elle revint dire à sa maîtresse
que la pendule était dans le même
état et que le balancier était arrêté.

—Arrêté! dit Clara en pâlissant;
elle se leva, courut dans la salle : en
effet l'aiguille marquait encore l'heure à laquelle Hermann l'avait quit-
tée; la clef était bien où Clara l'avait
cachée, et le balancier était immo-

bile. Clara ne pouvait cependant
douter du témoignagne de son oreille
douloureusement frappée.

Il y avait dans ce hasard quelque
chose qui la faisait frissonner, comme si c'eût été l'œuvre d'une puissance secrète et vengeresse, qui,
au moment où elle se livrait à l'espoir d'être aimée, venait avec un accent moqueur lui rappeler sa honte
et son malheur. Il lui sembla alors
que la voix du ciel avait parlé ; elle
baissa la tête avec résignation, et,
dans l'étourdissement de sa douleur,
elle se mit à écrire à Hermann,
comme pour commencer cette vie
d'expiation à laquelle elle se croyait

désormais appelée. Il lui sembla même que l'aveu complet de sa faute rendrait le ciel plus miséricordieux, et apaiserait le trouble de sa conscience.

En écrivant cette lettre, elle n'eut point d'autre idée, d'autre espoir ; mais à peine l'eut-elle envoyée qu'elle sentit avec une affreuse douleur qu'elle venait à jamais de renoncer à l'amour d'Hermann, car comment le revoir après un tel aveu? Elle ne pouvait se faire aucune illusion, elle voyait maintenant son sort dans toute son horreur. La lettre d'Hermann contenant les papiers du chevalier arriva : Clara n'y vit que l'adieu tendre et profondément triste d'Hermann; la mesure était comblée, et la malheureuse jeune fille se jeta sur son lit pour donner un libre cours à ses pleurs.

Le lendemain, avant de déchirer ces actes du chevalier, dont la seule vue lui faisait horreur, elle les lut pourtant, parce que Hermann le lui recommandait. — Devenir la femme du chevalier! ah! la réparation était aussi odieuse que l'injure, et Clara n'y pouvait songer sans frémir; et pourtant Hermann insistait pour qu'elle exigeât du misérable une réparation éclatante.... Elle fut pendant quelques jours sans pouvoir

prendre de décision à cet égard;
quand un matin le chevalier lui fit
demander la permission de la voir.

Clara pâlit à cette annonce : —
Oui, dit-elle, enfin je le verrai encore une fois,... une dernière fois,
mais pas dans ce moment....

Elle fit répondre au chevalier qu'elle lui écrirait; en effet peu d'heures
après elle le fit en ces termes :

MONSIEUR,

« Vous avez juré sur l'honneur de
» votre nom, de souscrire à tout ce
» que j'exigerais de vous en répara-
» tion de l'injure mortelle que vous

» m'avez faite : quoique cette réso-
» lution de votre part soit un peu
» tardive, je l'accepte. Je demande
» pour toute faveur le nom de votre
» épouse, mais pour une heure seule-
» ment : et avant que je me présente
» avec vous à l'autel, j'exige qu'un
» acte de séparation authentique et
» revêtu de toutes les formalités né-
» cessaires soit remis entre mes
» mains ; car, je vous le déclare,
» une minute après la cérémonie, je
» cesse de porter un nom qui eût été
» pour moi honorable si.... Non, j'ai-
» merais mieux traîner jusqu'au tom-
» beau la honteuse flétrissure qu'il
» me faut subir.... Ne cherchez point
»

»à me tromper une seconde fois,
» monsieur, et craignez tout du dés-
» espoir d'une infortunée.....»

CLARA DE LODRAN.

Elle cacheta cette lettre ; puis elle
demeura long-temps indécise si elle
l'enverrait, et si même elle ne risquait
pas le repos de sa vie en l'envoyant.
D'un autre côté, comme elle ne
voulait point faire connaître ses in-
tentions à sa tante avant leur résultat, elle ne savait comment faire
porter cette lettre ; elle sortit de sa
chambre, entra dans le salon, où
se trouvait déjà Julius ; mais Clara,
occupée et se frottant le front, se

proména quelque temps presque sans le voir, se parlant à elle-même d'une voix basse, et pourtant assez distincte pour être entendue. — Mon Dieu ! disait-elle, aucune voix compatissante du ciel ne me dira-t-elle ce que je dois faire !... Puis, s'arrêtant devant la pendule, toujours muette :

— Oh ! que la main invisible qui, en touchant ton timbre, a prononcé sur mon sort dans l'heure la plus décisive de ma vie, n'est-elle là encore pour décider de nouveau sur toute ma destinée !...

Julius, qui avait appris avec effroi les questions de Clara à l'égard de

la pendule, s'approcha alors timidement, et dit à voix basse :

— Pardon, ma cousine! c'est moi
qui l'ai remontée, mais seulement
un peu...

— Vous, Julius! dit-elle, frappée
de surprise; et qui vous a porté à
cela? pourquoi?...

Il rougit et hésita, car il ne pouvait en effet avouer par suite de
quelle pensée il en était venu à tour-
ner l'aiguille de la pendule; pourtant il répondit encore plus timidement :

— Je ne sais... Ce fut l'effet d'une
pensée presque instinctive, et...

— Julius, dit-elle vivement, vous

avez bien fait... Vous m'avez sauvée, Julius,.. et de plus quelqu'un que vous aimez... Rendez-moi encore un service : portez cette lettre au chevalier Dornbach ; rapportez-m'en la réponse, et surtout gardez-moi le secret !...

Julius prit la lettre, s'inclina respectueusement devant celle qui lui donnait cette marque de confiance, et sortit. Clara ne savait pas quel poids un tel messager donnerait à ses paroles. Une demi-heure après la lettre était dans les mains du chevalier. Il lut, et, déguisant la rage qui le dévorait :

— En vérité, c'est héroïque ! dit-

il à Julius d'un air railleur; je n'aurais jamais attendu tant de générosité
de la part d'un rival... Ah! ah! ah!
Dites au surplus à la chère Clara que
le bonheur d'obtenir sa main me
fera faire tous les sacrifices.

— Écrivez, monsieur, interrompit
Julius d'un air sombre; je n'ai point
mission de porter vos paroles...... Et
il se retourna vers la fenêtre pour
dérober au chevalier la vue du trouble que ces mots avaient excité en
lui.

Le chevalier écrivit : — « Vos or-
» dres, ô Clara, toujours chèrement
» aimée, seront remplis; et votre
» vœu, quoique bien cruel, est sa-

»cré pour moi. Vous n'aviez pas
»besoin de me faire savoir vos volon-
»tés par votre jeune chevalier. Un tel
»messager ne m'effraie point; car je
»regarde comme de toute justice
»d'acheter par tous les sacrifices l'ou-
»bli de mon offense, et de rendre à
»votre cœur la paix et le bonheur
»que j'aurais voulu lui donner. Seu-
»lement, je vous conjure de m'ac-
»corder un instant d'entretien; peut-
»être mon amour parviendra-t-il à
»fléchir votre juste colère, peut-être
»aussi la raison vous fera-t-elle mieux
»comprendre que la vengeance que
»vous méditez vous blessera autant
»que moi, moi qui ai tout fait jus-

» qu'à ce jour pour ménager votre
» réputation. Réfléchissez, je vous en
» conjure au nom de vos propres in-
» térêts ! Toutefois, ne croyez point
» que j'hésite à vous satisfaire. L'acte,
» l'autel seront prêts au jour indi-
» qué par vous ; mais réfléchissez
» encore, et surtout souffrez que je
» vous voie.... »

Le muet messager porta cette réponse. Clara brisa le cachet avec un
empressement qui serra douloureusement le cœur du pauvre Julius ;
elle parcourut la lettre, et, faisant
signe à l'enseigne d'attendre, elle se
mit à son bureau, et écrivit ces
mots :

« Rien ne peut changer ma déter-
» mination. Je ne vous verrai qu'à
» l'autel; j'attends l'acte de divorce.
» Du reste, épargnez-moi vos lettres;
» je ne veux plus que votre signature
» au bas de l'acte qui nous séparera
» pour jamais. »

CLARA.

Julius remit encore le billet à son
adresse. Le chevalier vit qu'il n'y
avait point à balancer. La crainte de
nuire à sa réputation lui faisait fuir
avec horreur tout ce qui ressemblait à un éclat; il redoutait la sé-
vérité du prince, auprès duquel il
jouait le rôle d'un homme sage et

philosophe; et, après bien des ré-
flexions, il lui sembla moins dange-
reux de lui présenter cette affaire
comme l'effet d'une conscience timo-
rée, d'une résolution vertueuse, plutôt que de s'exposer à ce qu'une
plainte de Clara ne l'y forçât peut-
être. Les allées et les venues du jeune
enseigne, dont la fureur tranquille,
mais redoutable, lui était encore
trop présente, ne lui plaisaient pas
du tout; enfin, la nouvelle que le
vieux colonel de Steinert, l'oncle de
Clara, était sur le point d'arriver à
la résidence, le détermina plus puis-
samment que tout le reste; car il l'a-
vait connu en Italie, il craignait son

crédit sur le prince, et tout ce qui
pourrait en arriver si le vieux bon-
homme se mêlait de l'affaire.

Il se décida donc à faire les choses de bonne grâce. Il fit dresser
les deux actes, et alla les soumet-
tre à l'approbation du prince; ce fut
là son heure d'angoisse. Il parvint
pourtant à colorer sa double demande : et les mots d'*honneur*, de *conscience*, de *vertu*, de *fortune*, d'*injus-
tice du sort*, de *réparation*, de *torts
involontaires*, mêlés avec esprit à tout
son discours, firent comprendre au
prince que le chevalier ne voulant pas,
par respect pour la mémoire de son
père, revenir sur l'affaire du procès,

et désirant réparer envers sa parente les torts de la fortune, cherchait les moyens de concilier ces divers intérêts avec ceux des vœux de son ordre, que sa conscience lui défendait sans doute d'enfreindre entièrement. Il ne fit aucune objection, loua même le chevalier de la noblesse de son procédé, et signa les deux actes, qui furent aussitôt portés à Clara.

Le colonel de Steinert était arrivé la veille du jour où Clara reçut ce paquet, et elle n'avait pu encore lui rien dire des chagrins et des soucis qui pesaient sur son cœur. Indécise sur la manière dont elle annoncerait sa résolution à sa tante,

qui ignorait toute cette affaire, et à
son oncle, dont elle redoutait l'impétuosité, elle se rendit dans le salon. L'oncle était engagé dans une
conversation avec Julius ; et, au moment où Clara entrait, Julius disait
avec tristesse :

— Il y a pourtant des choses, monsieur le colonel, qui ne réussissent
point, et Dieu sait pourquoi !

— Oui, Dieu sait pourquoi ! murmura la tante, qui pensait aux espérances trompeuses que lui avait données dans le temps le chevalier, espérances qui avaient eu des suites
si funestes pour le bonheur de
Clara.

—Oui, Dieu sait pourquoi, répéta
le colonel; c'est que souvent il n'eût
pas été bon qu'elles réussissent.......
C'est alors, jeune homme, que, la
main sur la conscience, si l'on a bien
agi, il faut pardonner et oublier.

—Ah! cher oncle! s'écria Clara
en se jetant dans ses bras, je vous
sommerai bientôt de vos paroles,
car vous aurez beaucoup à pardonner à votre Clara, et...

— Clara, que veux-tu dire? Dieu
me soit en aide! En effet, la pâleur
de ton visage annoncerait-elle qu'une
faute grave,... un crime:..

— Mon oncle, ne m'interrogez
point, je vous en conjure! Souvenez-

vous seulement de vos paroles......

La tante pendant ce temps était sur les épines, et se tordait les mains à la dérobée. Julius allait, venait dans la chambre; il jetait des regards suppliants sur Clara; et, dans l'angoisse qu'il éprouvait pour elle, on eût dit qu'il était le seul coupable, et qu'il la priait de l'épargner.

— Allons, dit l'oncle, avec une douloureuse résignation, je devine tout;... car voilà la tante qui se tord les mains, et cet autre qui se tient là comme une grue au milieu d'un pré. Allons au fait! et la vérité!

— Je suis fiancée, mon oncle, dit Clara en cachant son visage dans le

sein de l'oncle. Julius demeura pâle
et glacé, et la tante, voyant qu'il n'é-
tait point question du fatal secret, se
rassura.

—Ah! ah! dit le colonel d'un ton
de voix radouci, j'ai entendu parler
de quelque chose comme cela; un
amour infini, des sentiments cheva-
leresques, de la vertu, du courage,
n'est-ce pas?...... Mais pas un brin
d'arbre généalogique!.... Comment
s'appelle-t-il? Harmann...... Hermann?...

—Non, mon oncle, je suis la fiancée du chevalier de Dornbach....

Le vieux colonel ne se déconcer-
tait pas facilement; toutefois, en en-

tendant ce nom, il le fut complète-
ment.

— Le chevalier Dornbach ! dit-il
en réfléchissant; hum !... j'ai entendu
dire qu'il était homme d'honneur ;..
mais j'avoue que ce n'est pas ce nom-
là que j'attendais. Cependant, Clara,
si c'est ton bonheur, et que les choses se fassent convenablement.....

— Voilà notre contrat de mariage.....

Le colonel prit l'écrit, et le parcourut d'un air soucieux. Julius
murmura quelques paroles qu'on
n'entendit point, et la tante, s'approchant d'un air joyeux, dit : — Comment, chère Clara, il serait vrai?...

Clara lui présenta l'acte signé du chevalier, qui lui rendait sa part de l'héritage : — Voilà pour vous, dit-elle avec froideur ; plût au ciel que vous n'en eussiez jamais été privée! je ne serais pas obligée.... Elle n'acheva point. La tante, reconnaissante et ravie, se jeta à son cou en pleurant de joie et en criant : — Dieu soit loué!...

— Ah ! je dirais aussi volontiers Dieu soit loué ! dit à son tour le colonel ; mais le pâle visage de Clara ne me plaît point : je ne dirai donc Dieu soit loué! qu'après la noce. Alors, ma Clara, je te presserai sur mon cœur, et je te dirai : Maintenant tout est bien, oublions le passé!...

— Je vous prends au mot, mon bon oncle, dans trois jours nous serons mariés....

Ici Julius ne put réprimer une violente imprécation, mais qui fut étouffée par la voie bruyante du colonel.

— Dans trois jours! dit ce dernier avec surprise; diable! Allons! allons! il faut que j'aille moi-même chez le chevalier pour savoir le nœud de tout ceci....

— Non! mon oncle, écoutez-moi! et j'ai des raisons pour que cela soit ainsi... Vous ne verrez point le chevalier avant la cérémonie : il faut que vous me le promettiez ; croyez-moi,

je suis forcée d'agir ainsi. Mon bon
oncle! ne suis-je pas votre Clara, la
fille d'une femme que vous avez tendrement aimée?... L'oncle, qui avait
déjà pris son sabre et son bonnet de
hussard pour sortir, les rejeta et dit :
— Ah que Dieu me soit en aide! je
prévois quelques diableries , mais
soit! tu le veux ,... j'attendrai. Allons, Julius, venez avec moi essayer
le cheval anglais que je vous ai donné.... Eh bien, ne le voila-t-il pas
aussi pâle , aussi défait que s'il se
mariait aussi dans trois jours?...
Allons, allons, jeune homme, en
avant !

Ils sortirent tous deux dans la

campagne; mais cette course four-
nit de nouveaux sujets d'impatience
au vieux hussard, car Julius, qui
passait pourtant pour un bon cava-
lier, gouvernait son cheval tout de
travers, se heurtant en aveugle aux
arbres de la route, sautant les fossés
et les haies, et galoppant comme un
fou au travers des troupeaux qu'il
rencontrait.

— Neveu Julius! neveu Julius!
criait le vieux colonel, faites-moi le
plaisir de m'écouter un moment, et
donnez-moi votre parole que vous
répondrez à ma question?...

Julius s'arrêta, et donna sa parole; et le colonel, continuant: — Di-

tes-moi, je vous prie, mon garçon, de quelle jeune fille êtes vous amoureux?...

Julius baissa les yeux avec embarras, mais le colonel insista en disant :
— Vous m'avez promis de répondre, songez-y!...

— Colonel!... mon oncle.... ce n'est point d'une jeune fille que je....

— Comment? diable! monsieur, c'est encore pis, et de quelle femme, s'il vous plait?

— Ah! ce n'est point une femme...

— Et de quoi! diantre, êtes-vous donc amoureux? d'une veuve?...

— Ce n'est point une veuve, répondit timidement le jeune homme.

— Du diable! monsieur l'enseigne, voulez-vous vous jouer d'un
vieux colonel de hussards? Elle n'est
ni fille, ni femme, ni veuve? Jour de
Dieu! c'est donc une....

— Ah! monsieur le colonel, c'est
la plus noble, la plus sage, comme
la plus belle des créatures que la
terre ait jamais portées.... Que cela
vous suffise, monsieur le colonel,
car je jure aussi dès ce moment
que je ne dirai pas un mot de plus....

— Ni fille, ni femme, ni veuve, et
pourtant la plus noble, la plus sage,
comme la plus belle des créatures
que la terre ait jamais portées,... répéta le colonel, en retenant son che-

val et ayant l'air de réfléchir. Mais Julius, qui voyait son secret prêt à être découvert, conjura son oncle de ne dire à âme qui vive ce qu'il venait de lui arracher; le colonel sourit, donna sa parole, et tous deux reprirent le chemin de la ville.

Les amis de Clara vinrent le soir comme de coutume, et elle leur dit :

—Dans trois jours j'épouse le chevalier Dornbach. Tout le monde s'étonna, car depuis bien long-temps on ne voyait point le chevalier dans la maison, quoique le jour des noces fût si proche. On pensait que le colonel avait fait ce mariage; mais ce dernier

était aussi intrigué que tout le monde, et impatient de voir finir ce mystère.

Une société choisie fut invitée; au
jour marqué, à l'heure prescrite, le
chevalier arriva : on l'introduisit dans
la salle où les amis, les témoins et
le pasteur attendaient. Un instant
après Clara, vêtue simplement et
appuyée sur le bras du colonel, en
grand uniforme et décoré de tous
ses ordres, parut. Elle salua l'assemblée. Le chevalier s'avança vers elle
pour lui prendre la main : — Un
moment, monsieur! lui dit-elle froidement, et tous deux s'approchèrent
du pasteur : elle avec une dignité

calme, imposante, lui avec tous les signes d'un mortel embarras.

Les paroles prononcées, les anneaux échangés, et tandis que le pasteur achevait les dernières bénédictions, Clara, pâle et tremblante, tira de son sein un écrit, et, le présentant au pasteur, le pria d'en faire la lecture à haute voix ; c'était l'acte de divorce.

Le chevalier, troublé, dit tout bas à Clara :

— Ne pourrais-je obtenir un moment d'entretien avant?... Attendez, dit-il encore, en étendant la main vers le pasteur.

— Pas une minute, monsieur, répondit - elle. Lisez, je vous prie, monsieur le pasteur.

Celui-ci obéit ; il lut l'acte, dressé en bonne forme, et signé du prince. Alors Clara, rassemblant toutes ses forces, se tourna vers le chevalier, le salua profondément, et, reprenant le bras du colonel, elle quitta la salle.

La tante, les témoins, les conviés la suivirent ; le chevalier demeura seul, abandonné de tous, excepté pourtant de Julius, qui, debout dans un coin, les mains jointes, les yeux égarés par la joie, la surprise, avait comme perdu toute présence d'esprit.

Il courut comme un fou vers le
chevalier ; dans l'excès de son ravissement, il avait besoin de presser
contre son sein une poitrine hu-
maine : il se jeta au cou du marié stupéfait ; et, sans savoir ce qu'il faisait,
il l'embrassa en criant : — O Dieu !
Dieu ! elle est libre !... elle est sauvée ! échappée à jamais des fers hon-
teux de Satan ?...

Le chevalier, courroucé, eut besoin
d'un violent effort pour s'arracher
des bras du jeune écervelé qui le re-
tenait ; enfin, étant parvenu à se dé-
barrasser de cette malencontreuse
étreinte, il traversa la salle, descendit l'escalier en toute hâte, se jeta

dans sa voiture, et, tout en fureur, ordonna au cocher de prendre le chemin de sa maison de campagne.

Quand tous les spectateurs de cette étrange cérémonie se furent éloignés, plutôt en s'évadant qu'en prenant congé, le colonel regarda Clara d'un œil interrogateur, et, voyant qu'elle ne se pressait pas de répondre à ce regard :

— Eh bien, Clara? dit-il avec un peu d'impatience.

— Mon cher oncle, dit-elle d'un air caressant, n'avez-vous pas promis de dire : *Dieu soit loué !* après la noce?...... N'avez-vous pas promis de prendre votre Clara dans vos bras, et de dire : *Maintenant que tout est bien, oublions le passé ?......* En effet, mon oncle, il faut l'oublier, car il ne m'est plus permis de dire un mot à ce sujet.

—Hum ! diable!... murmura plus d'une fois le colonel; comment ! je ne saurai pas qui a pu te contraindre à agir d'une manière si étrange, si...

— Je n'en ai plus le droit, mon oncle! Souffrez que je garde le silence!...

Le colonel avait grande envie de se mettre en colère, mais le regard de Clara était si suppliant, qu'il se sentit à demi désarmé; toutefois, pour achever de se calmer, il la quitta brusquement, et descendit dans le jardin. En s'approchant d'un pavillon, il entendit la voix de Julius, qui chantait : *O transport ! ô félicité !* etc.

— Je parie, se dit le colonel, que ces joyeux accents ont quelque rapport avec la face blême et l'air troublé du chevalier pendant la cérémonie. Il entra dans le pavillon, et le grave, le timide Julius sauta au cou du colonel en criant hors de lui : — Elle est libre ! elle est sauvée !..

— Oui, sans doute, elle est libre, dit-il, en se dégageant ; mais, puisque vous savez tout le mystère, contez-moi donc.

— Moi, je ne sais rien de rien......

Le colonel pensa se fâcher sérieusement; mais Julius était trop heureux pour faire attention à la colère du vieux hussard, qui, piqué de ne pouvoir rien découvrir, le témoigna assez vertement au jeune homme.

Il se promena long-temps dans le jardin, en réfléchissant à toute cette affaire; enfin il se dit:

Mais, au fait, pourquoi me tourmenter? Le chevalier avait bien la contenance d'un coupable, Clara celles d'une femme qui se venge et punit; quant à celui-ci, avec ses chants de joie..... ah! je comprends,.... je devine...

Et il rentra tout joyeux dans la maison.

— Ma foi, Clara, dit-il, je crois que je tiens le mot de l'énigme.... (il pensait à Julius); car, en effet, tu n'es ni fille, ni femme, ni veuve, mais j'en aurai raison, ou...

Clara, qui n'avait que son malheur dans la pensée, et dont les évènements de ce jour lui avaient rendu le souvenir plus vif et plus douloureux encore, crut que son oncle avait appris la vérité. Épouvantée à l'idée qu'il allait peut-être en résulter un éclat scandaleux, elle se jeta aux pieds de son oncle, et les yeux en pleurs : — Mon oncle ! mon bon

oncle! s'écria-t-elle, de grâce, écoutez-moi! Il m'a donné toutes les satisfactions que je pouvais exiger;
laissons cette fatale aventure dans
l'oubli. J'ai tant souffert, mon oncle! ah! laissez-moi du moins le
repos si chèrement acheté...

Le colonel, sans le vouloir, en était
venu à la connaissance de ce qu'il
voulait savoir; il s'assit, et, le cœur
serré d'avance, il pria sérieusement
sa nièce de lui dire la vérité. Clara fit
alors ce triste récit sans déguisement,
toutefois en tâchant de ménager sa
tante le plus possible, et quand elle
l'eut terminé, elle supplia son oncle
de faire comme elle, de pardonner
et d'oublier.

Le vieux hussard eut bien de la peine à s'y résoudre; mais enfin il fit cette promesse, car la douleur de Clara l'avait attendri. Ensuite, revenant à ses propres idées, et curieux de voir le rôle que Julius jouait dans tout ceci, il demanda quelques détails, espérant qu'enfin le nom de Julius paraîtrait dans son récit. Mais cette attente fut vaine, Clara ne fit mention du jeune cousin qu'en disant qu'il avait été porteur de ses lettres au chevalier dans les derniers temps; et encore le colonel n'obtint ceci que parce qu'il demanda le nom du porteur de ces messages. Le colonel était certain que Julius possédait le secret de Clara, mais comment l'avait-il appris? Aurait-il commis une indiscrétion en portant ces lettres? Impossible! l'âme du jeune homme était et trop noble et trop fière pour se porter à une telle bassesse.... Il se fit montrer la lettre du chevalier ; le passage où ce dernier dit en parlant de Julius : « Un tel messager ne m'intimide point, » le frappa. Il le fit remarquer à Clara, qui n'y avait fait qu'une attention légère, et qui même ne parut pas y attacher une grande importance.

— Hum! tu diras ce que tu voudras, il y a quelque chose de merveilleux dans la manière dont tu as.

été déterminée à prendre le parti
qui te réhabilite à tes yeux, comme
à ceux du monde; celui du moins
qui avait remonté cette fatale pendule t'a rendu un service signalé.

— C'est Julius qui l'avait touché
par hasard....

— Julius! toujours ce Julius! il
se trouve partout, à ce que je vois?

— Ah, mon oncle, dit-elle en souriant, le pauvre Julius!...

— Oui! oui! le pauvre Julius;
justement, il m'étonne que tu n'aies
pas vu comme il était hier, triste et
désolé, et comme aujourd'hui il est
dans la joie; enfin, que tu ne te sois
pas encore aperçue que ce garçon

aux lèvres silencieuses était amoureux de toi à en perdre l'esprit.

Clara rougit, car elle ne voulait
point mentir; mais elle redit encore
une fois : — Ah! le pauvre Julius!...

— Il faut que j'en aie le cœur net,
dit le hussard en sortant. Il appela
Julius, monta avec lui dans sa chambre, et en s'asseyant il lui dit d'un ton
décidé : — Enseigne! je veux savoir la
vérité!... Votre bien aimée n'est ni
fille, ni femme, ni veuve, dites-vous?
cela ne convient qu'à ma nièce : ainsi
donc Clara....

— Monsieur le colonel, je vous
avais prié de m'épargner toutes questions.

— Soit, monsieur, soit ; mais moi je vous prie, à mon tour, de me dire où est cet Hermann qui voulait l'épouser ; il aime Clara, lui ! du moins il en convient... Et s'il se cache quelque part en attendant l'effet que produira sa générosité, qu'il se montre, qu'il vienne !...

Ces paroles jetèrent un grand trouble dans l'âme de Julius ; il ne vit pas que l'intention du colonel était de le faire parler, il dit seulement : — Hermann est le plus noble des hommes !... Mais il est parti, et je le sais, parti pour toujours !...

— Parbleu ! vous aviez bien besoin de toucher à cette damnée pen-

dule, étourdi que vous êtes! dit le
colonel avec une feinte colère; il serait encore ici, et Clara... Car il l'aimait, n'est-ce pas? moins que vous,
peut-être? mais enfin il l'eût rendue
heureuse,... et Clara l'aimait; ne le
croyez-vous pas? quoiqu'elle sût
pourtant les obligations qu'elle vous
avait!...

— Les obligations! comment elle
saurait...?

— Oui! oui! dit le colonel, que
cette ruse mettait sur la voie; elle
s'est doutée de tout cela, aussi c'est
vous qu'elle avait choisi pour messager... Hum! vous comprenez?...

Julius ne comprenait rien; dans

son trouble, il ne savait ce qu'il avait avoué, ni ce qui lui restait à cacher; et le colonel acheva de lui arracher son secret en disant : — J'espère pourtant que vous n'êtes venu à la connaissance de tels secrets que d'une manière honorable?...

— Ah ! monsieur le colonel ! s'écria le jeune homme avec vivacité, le hasard seul m'en rendit maître; Hermann, dans la violence de son ressentiment contre le chevalier, laissa échapper une partie de ce funeste secret, et quand nous eûmes puni le misérable, il me confia le reste.....

Ces mots, qui justifiaient complétement Julius, donnèrent aussi au colonel l'explication du passage de la lettre du chevalier, relatif au porteur du message. Julius, après en avoir tant dit, consentit enfin à faire un aveu sincère; il raconta tout, jusqu'au moment où Hermann avait pris congé de lui.

— Cet Hermann!... Un noble et généreux jeune homme! sur mon âme!... Connaissait-il votre amour? vous en parla-t-il?...

— Il le connaissait...; il me pria de demeurer, quoi qu'il arrivât, le protecteur de Clara,... et de la rendre heureuse si jamais.....

— Oui ! elle le sera par vous ! oui,
Julius, elle sera votre femme, et elle
vous aimera, car quand ce matin on
parlait de vous, mon garçon, et de
manière à ne pas vous faire tort,
ma foi ; elle m'a répondu avec un
accent très-doux : — Le pauvre Julius !.....

— Ah ! elle a déjà dit cela plus
d'une fois,... et pourtant elle a méconnu jusqu'à ce jour mon cœur
fidèle !...

— Elle le connaîtra, Julius, elle
l'appréciera, c'est moi qui vous le
dis ; d'ailleurs, croyez-moi, une fille
de son caractère n'oublie pas une
scène comme celle de ce jour où,

tout éperdu d'amour et de douleur,
vous vous jetâtes à ses genoux, en
cachant vos yeux en pleurs dans son
tablier ; tôt ou tard, le cœur revien-
dra à vous, croyez-le bien.

Le colonel avait raison ; de jour en
jour Julius gagnait dans l'estime et
l'affection de Clara ; d'autant plus
que l'oncle, dont l'opinion exerçait
sur elle un grand pouvoir, témoignait une prédilection marquée pour
le jeune homme, qu'il se plaisait à
appeler *mon camarade;* et Clara savait qu'il ne donnait ce titre qu'aux
hommes de courage et d'honneur.
Julius, enhardi par ces témoignages
d'intérêt, se trouvait moins timide

auprès de Clara ; et cette noble assurance seyait si bien à son visage in-
génu, le respect qui s'y mêlait était
en même temps si touchant, que
Clara, qui, après l'éclat qu'avait
causé son mariage, s'était retirée de
la société, et vivait presque seule
ou en famille, Clara commençait
à se souvenir d'une manière plus
vive et plus douce du temps heureux
de sa jeunesse, où le timide Julius
faisait aussi partie de la famille ; et
du jour, surtout, où il relevait vers
elle ses yeux baignés de larmes, tandis qu'elle caressait doucement sa
chevelure noire et bouclée.

Le colonel, qui avait appris du major plusieurs traits honorables à Julius, disait souvent : — Oui, si j'avais une fille, et qu'elle me fût demandée par un roi, je la refuserais au roi pour la donner à Julius, si elle en était aimée, et ce Julius, Clara, ce Julius t'aime.... Oh! tu ne sais pas comme il t'aime!... Vois-tu, un tel amour est bien certainement, comme dit la chanson, *la source des doux plaisirs de la vie !*

Clara souriait tristement, ne répondait rien; mais elle permettait à Julius de l'accompagner à la promenade, elle le priait de lire haut tandis qu'elle travaillait à l'aiguille. Julius dessinait avec goût; Clara se

remit au dessin , et lui demandait
des conseils. Enfin une douce inti-
mité s'était établie entre eux ; et
quoique les lèvres du jeune homme,
moins timides et moins craintives ,
n'eussent encore prononcé aucun
mot d'amour, ses yeux, par des regards tour à tour suppliants et pas-
sionnés , en tenaient le langage. Un
nouveau grade, celui de lieutenant,
en lui faisant prendre un rang plus
distingué dans le monde, ne contri-
bua pas peu à donner à l'amant de
Clara une nouvelle assurance et l'espoir que son hommage serait moins
indigne de celle qu'il adorait.

Mais l'inclination naissante de

Clara et les secrètes espérances de Julius auraient pu être bien long-temps encore avant de porter leurs fruits, sans une circonstance qui avança les affaires du jeune homme plus que ne l'auraient fait des années d'un respect et d'un dévoûment trop silencieux.

La guerre fut déclarée ; le colonel revint un matin de la parade fort échauffé : on voyait à ses yeux animés qu'il s'y était passé quelque chose d'extraordinaire.

— Grand Dieu ! s'écria Clara, que que vous est-il arrivé, mon oncle ?..

—Rien que d'heureux ! tu le sauras bientôt ; au surplus, j'espère que tes beaux yeux en deviendront humides..

— Comment ! que voulez-vous
dire ? Serait-il arrivé malheur à....
Julius ?... Elle prononça ces derniers
mots d'une voix tremblante.

— Non ! non ! Dieu merci, quoique ceci le concerne, et je suis bien
aise de voir qu'au moins tu penses
à lui.,... J'en remercie Dieu de tout
mon cœur, car le pauvre Julius n'a
jamais eu plus besoin de ton souvenir que dans ce moment.

Clara, plus effrayée de ces paroles
qu'elle ne voulait le laisser paraître,
allait faire des questions, quand la
porte s'ouvrit, et Julius, en uniforme
de capitaine de hussards, parut ; il
portait la tête haute, quelque chose

de fier régnait dans toute sa contenance, et pourtant un peu de tristesse se mêlait au feu de ses regards.

Le colonel était radieux, il prit la
main de Julius, et, le présentant à
Clara : — Monsieur le capitaine Julius de Steinert, dit-il, vient prendre
congé de toi, ma nièce ; le prince, à
ma recommandation, l'a élevé à ce
grade honorable ; dans trois jours il
sera devant l'ennemi...

Clara était frappée de surprise et
d'effroi ; Julius s'inclina devant elle
pour lui baiser la main, et le colonel
se hâta d'ajouter :

— Clara, regarde ton ami pour la
dernière fois peut-être ; il part avec

ton image dans le cœur, ton nom sur les lèvres, ne l'oublie pas!....

— Et ceux de patrie et d'honneur, ajouta Julius, à qui les paroles du colonel semblaient trop directes et trop hardies. Cependant, ajouta-t-il avec plus d'assurance que de coutume, je puis dire à ma gracieuse cousine que le vœu le plus ardent de ma vie est maintenant rempli.....

Il s'inclina de nouveau.

—Vois-tu, Clara, ces mots et cette révérence veulent dire : *Ce vœu, c'est de mourir avec ton nom sur les lèvres.*

— Quand partez-vous donc? dit Clara, en s'efforçant de paraître calme.

— Quand? reprit le colonel : à
l'instant!.... Il te fait ses adieux;
dans une heure il faut qu'il soit à
l'avant-garde.

La jeune fille pâlit, et son cœur se
serra douloureusement. O Dieu! dit-
elle, si tôt! quoi! pas un jour?....

— Pas une minute, Clara; ainsi
hâte-toi de lui donner une bénédiction, une joie pour le voyage,
qui lui serve d'espérance pour le
retour....

— Laquelle, mon oncle? dit-elle
hors d'elle-même.

— La plus précieuse qu'une jeune
fille puisse donner, la plus douce,
la plus belle de la vie!....

— Seulement, n'oubliez point le
pauvre Julius, ma cousine, dit ce
dernier d'une voix étouffée par sa
vive émotion.

— Ah! vous oublier! répondit-
elle avec un soupir, jamais!... Adieu,
noble et bon Julius!.... Elle s'approcha en hésitant, appuya une de
ses mains sur l'épaule du jeune homme, et répéta : Adieu! cher cousin...
Toutefois, avec le mot cousin, il
fallait joindre le baiser d'adieu,
elle le donna; et ses lèvres touchè-
rent celles de l'heureux jeune homme. Mais la foudre, dans la saison
des orages, n'éclate pas en effets plus
prompts que ceux de ce baiser. Ju-

lius, éperdu, entoura de ses bras la jeune fille tant aimée ; à travers les soupirs, les sanglots, les larmes de joie, les mots demi-formés, s'échappa enfin l'aveu de cet amour si long-temps contenu, et l'explosion en fut telle, que le colonel était tout stupéfait de cette prodigieuse éloquence. Pour Clara, doucement émue, elle baissait les yeux, et des larmes mêlées à un ravissant sourire étaient sa seule réponse.

Le colonel s'avança alors vers eux, et, prenant la main de Clara et celle de Julius :—Ne fais-je pas bien, mes enfants?.... dit-il avec une vive émotion.

— Julius! dit Clara à demi-voix,
et très-tendrement, mon cœur, depuis bien long-temps, est touché de
votre amour..... Elle posa sa belle
tête sur la poitrine du jeune homme,
qui, la serrant de nouveau dans ses
bras, et élevant les yeux vers le ciel,
semblait lui demander la force de
supporter une telle félicité; il baisa
avec autant de respect que d'amour
le beau front de Clara, puis, faisant
un effort douloureux, il prononça
le mot *adieu*, et suivit le colonel, qui
l'entraînait hors de la chambre.

Son cheval l'attendait dans la cour;
il s'élança dessus, et en passant sous
la fenêtre de Clara il eut la joie de la

voir l'ouvrir précipitamment pour le
saluer encore, lui faire un signe de
la main, et porter ensuite son mou-
choir sur ses yeux, pour cacher les
larmes que lui coûtait ce départ.

— Oh! si je pouvais encore le
voir une fois! répéta-t-elle plus
d'une fois dans la journée, ne fût-ce
qu'une seule minute! Il ne sait point
combien il m'est cher; et il est parti!...

Le colonel entendit ses regrets:

— Écoute, Clara, son régiment
n'est qu'à cinq lieues d'ici; il doit y
rester quelques jours: si tu le veux,
nous y serons dans deux heures?....
Mais c'est à une condition: c'est que
tu ne quitteras point Julius sans qu'il
soit ton mari...

Clara se tut d'abord; mais le lendemain elle se rendit, et en passa par toutes les conditions que son oncle voulut lui imposer.

Vingt-quatre heures après, elle était l'heureuse femme de Julius; et, au bout de huit jours, le régiment s'étant mis en marche, elle revint s'établir non point à la résidence, où elle laissa sa tante vivre à sa fantaisie, mais dans la campagne qui avait appartenu à sa mère, et que son oncle lui avait rachetée, et donnée pour présent de noce. Ce fut dans cette retraite, où tout lui rappelait ses plus doux et ses plus chers sentiments, qu'elle attendit le retour de son mari, le noble, l'aimable Julius.

Quelques jours avant qu'Hermann quittât Robert, ce dernier avait fait une rencontre bien intéressante pour lui. Il fréquentait depuis quelque temps la maison du comte de Randen, amateur passionné des beaux-arts, et qui, ayant eu l'occasion d'apprécier les rares connaissances de Robert en ce genre, l'avait accueilli avec empressement. La terre du comte était à peu de distance de la résidence; la famille y passait toute la belle saison, et Robert fut engagé à y rester quelques jours. — Vous allez vous trouver là dans votre clément, lui dit le directeur du Musée, en lui faisant part de l'invitation. La maison du comte de Randen est le temple des Muses, et j'ajouterai des Grâces, car sa femme, qui est très-bien encore, et ses deux filles, en ont le charme et l'amabilité; c'est une nouvelle Athènes; et jamais vous ne verrez le *Musarion* de Wieland réalisé d'une manière plus complète.

En effet, en approchant, Robert fut frappé de la position heureuse et pittoresque donnée à tout l'ensemble de cette charmante habitation. La maison, bâtie à l'italienne, avec un péristile et des colonnes, s'élevait au milieu d'un délicieux jardin. On y arrivait par une longue avenue de platanes; des orangers, des lauriers-roses et verts, et tous les arbustes méridionaux, l'entouraient de leurs odorants feuillages; partout des massifs de fleurs, des eaux jaillissantes ou tombant en cascades sur des rochers, et des bosquets d'arbres verts, artistement plantés, donnaient à cette demeure quelque chose d'élégant et de simple, et la rendaient en effet digne du surnom qu'on lui donnait dans le pays : *La retraite des Muses.*

L'intérieur de la maison répondait à son extérieur : distribution, meu-

bles, ornements, tout était dans le
style grec, sans pourtant que les
commodes inventions modernes en
fussent bannies. Ainsi, aux statues
de marbre, aux vases nombreux,
aux draperies recouvrant à demi les
murs de stuc brillant, on se fût cru
transporté dans une demeure grec-
que, tandis que les glaces multi-
pliées, les bronzes dorés et les meubles de bois précieux, faisaient voir
qu'on était seulement chez un homme de goût, qui savait unir la ri-
chesse à la simplicité, et tirer de leur
mélange un ensemble gracieux.

La famille du comte était en rapport avec tout ce qui l'entourait : la

mère et les filles avaient été élevées
dans un étroit commerce avec les
Muses; elles chantaient, faisaient
des vers, jouaient de la harpe et de
la lyre, dansaient comme des nym-
phes, et leur pittoresque costume
affectait de rappeler ces élégantes
figures des peintures d'Hercula-
num. Toutefois, rien dans leurs manières, ni leurs discours, ne sentait l'apprêt ou de ridicules préten-
tions; elles s'exprimaient avec grâce, mais sans recherche. Le comte
possédait cette politesse aimable
qui met à l'aise, en même temps
qu'elle ne permet point qu'on s'éloi-
gne d'une certaine mesure, à la-

quelle est dû principalement le charme des relations du grand monde. La
conversation, alimentée par des sujets intéressants et curieux, ne tombait jamais dans la langueur, ou ne
dégénérait pas en puérilité, comme
il arrive souvent dans le monde.
La musique, la lecture, la promenade, des réunions d'amis, que la
danse venait animer, faisaient passer
le temps d'une manière aussi douce
que variée; et Robert, quoique peu
ami des plaisirs et assez grave de son
naturel, séduit, enchanté de tout ce
qu'il voyait, se laissa aller aux instances aimables qui lui étaient faites,
et retourna souvent chez le comte,

pendant qu'Hermann était occupé de sa passion pour Clara.

Cependant l'amour et surtout l'intérêt n'étaient pas tout-à-fait étrangers à l'aimable accueil que Robert recevait dans la maison de Randen. Malgré son apparente opulence, le comte n'était point riche. Il avait voulu jouer à tout prix le rôle d'amateur passionné des beaux-arts; ses voyages et ses folies dans ce genre avaient englouti sa fortune et une partie de celle de sa femme. Il n'avait qu'un espoir en continuant ce rôle, c'était de marier ses filles à quelque étranger riche, et plus sensible aux grâces d'une Hébé ou d'une

Terpsychore qu'aux avantages un peu plus positifs d'une belle dot, chose qu'il ne pouvait donner à ses filles.

Par je ne sais quelle bizarre complication d'incidents, Robert passait à la fois pour un étranger riche et de distinction : dans un pays où les nobles seuls parviennent aux hauts grades militaires, il n'était pas surprenant que l'uniforme de capitaine aux gardes du roi de Sardaigne, que Robert portait quelquefois, ne l'eût fait regarder comme étant d'une naissance élevée. Quant à sa réputation de fortune, ses longs voyages et la vie aisée qu'il menait, ainsi que ce-

lui qu'on regardait comme son frère,
autorisait cette idée. Mais ce qui acheva de confirmer les oisifs de W. dans
l'opinion que Robert était peut-être
quelque seigneur étranger, qui gardait l'incognito, c'est que le prince,
qui avait eu occasion de le rencontrer en Italie dans les musées, lui
témoignait une sorte de considéra-
tion, en raison des connaissances dont
il le savait pourvu ; que le peuple
imbécile des curieux de la cour et de
la ville, voyant que Robert n'était
cependant pas admis à la cour, regarda la conduite du prince comme
tracée par les lois sévères de l'étiquette, qui lui défendaient de trahir

l'incognito de l'illustre étranger.

Ces bruits prirent une telle consis-
tance, que le comte de Randen y
ajouta foi comme tout le monde. Il
questionna adroitement Robert sur
ses voyages; et celui-ci, qui n'avait
rien à cacher, parla de ses relations
avec des cardinaux italiens, avec des
lords anglais, avec de riches ama-
teurs français, toujours dans des
rapports relatifs aux arts et aux scien-
ces; et ces détails, qui auraient dû
détromper le crédule Randen, le
confirmèrent au contraire dans l'o-
pinion que le savant et modeste Robert Forster était pour le moins un
prince, auquel les intérêts de sa

couronne commandaient de garder
pendant quelque temps le plus sévère incognito. Toutes ces raisons,
autant que le respect qu'il avait pour
les profondes connaissances de Robert, avaient engagé le comte à l'at-
tirer chez lui; et les deux sœurs, ou
du moins la plus jeune des deux,
mettaient tout en usage pour char-
mer l'aimable et bel étranger, qui
pouvait peut-être faire l'une d'elles
princesse.

Toutefois l'enchantement de Robert dura peu. En fréquentant la
maison, il fit des remarques qui,
peu à peu, l'éclairèrent sur la valeur
de tout ce qu'il voyait. En se pro-

menant dans les environs, il remar-
qua que l'ignorance et la misère la
plus profonde régnaient parmi les
pauvres vassaux du comte; un intendant dur, rapace, inflexible, les
épuisait sans cesse; l'église du village était en ruine, le toit de chaume
de la maison d'école était à moitié
enfoncé, et l'eau du ciel, la neige des
hivers y pénétraient librement. Tout,
dans l'élégante demeure du comte,
respirait l'aisance et le bien-être; à
un demi-quart de lieue, tout offrait
des images de pauvreté et de déso-
lation. Plus d'une fois, en passant
près des appartements des dames,
Robert entendit des éclats de voix

animées par la colère et l'emportement. Il vit dans les regards tristes
et craintifs des domestiques, que le
service intérieur des séduisantes et
gracieuses *Aspasies* de la maison n'é-
tait pas aussi doux que leur voix
flatteuse, leurs regards caressants :
leurs phrases sentimentales auraient
pu le faire croire; mais, quand il
cut trouvé par hasard la vieille nour-
rice du comte reléguée dans une chaumière isolée, aveugle, et manquant
de tout, l'engoûment de Robert se
dissipa tout-à-fait. Il vit qu'on pouvait très-bien réunir le goût des arts,
parler d'humanité, de philanthropie,
de générosité, et cacher sous ces

brillants dehors un cœur de marbre et une âme glacée. Dès lors tout changea de face pour lui dans ce temple des Muses, où il avait cru trouver le culte du beau et du bon, établi sur des bases solides et iné-branlables. Les grâces des dames de Randen lui parurent étudiées, leurs manières pleines de fausseté, leur langage trompeur comme leur re-gard; et il eût peut-être rompu brus-quement avec cette maison, qu'il regardait maintenant comme le pa-lais de Circée, s'il n'eût entendu le comte annoncer un jour à sa famille qu'il attendait pour le lendemain le jeune baron Ludwig de Greifenberg.

Ce nom éveillait un intérêt trop puissant dans l'âme de Robert, pour qu'il ne devînt pas attentif, et ne le forçât pas à retarder la rupture qu'il méditait. C'était le neveu chéri de sa mère; il le connaissait par la relation de la comtesse de Forbach. Un vif désir de le voir, de se lier avec lui s'empara de Robert; c'était ce jour même que son ami Hermann partait; il eût peut-être sacrifié à l'amitié le plaisir qu'il se promettait, si ce sacrifice eût été utile à Hermann; mais ce dernier, en le conjurant de ne point le suivre, le laissait libre. Il profita de l'occasion qui s'offrait à lui de se rapprocher de la famille de

sa mère; en même temps que sa
liaison avec celle du comte, et les
observations qu'il avait faites, pou-
vaient être utiles à son jeune parent,
et le sauver d'un sort peut-être funeste; car certaines expressions du
comte lui faisaient présumer qu'on
tenterait de faire un gendre du jeune
Greifenberg.

Le baron Ludwig était allié par sa
mère à la famille de Randen; sa visite n'avait rien que de naturel, et il
ne semblait pas facile à Robert de le
prémunir contre des apparences séduisantes, lesquelles n'avaient cho-
qué Robert, que par le contraste
qu'elles faisaient avec une triste réa-

lité. Toutefois, en se rappelant ce
que des observations du même genre
dans d'autres contrées lui avaient
présenté de semblable chez la classe
des privilégiés, il se disait avec tristesse : — Que vais-je faire ! ce sont
leurs mœurs, peut-être... Et le jeune
baron me saura-t-il gré de mon zèle ?
le comprendra-t-il même?.... Mais
tous ses doutes cessèrent à la vue de
Ludwig. Il avait tant de ressemblance avec Sidonie, que le cœur de
Robert en fut violemment ému.
Après avoir causé avec lui, et surtout après l'avoir entendu dire que
le but qu'il s'était proposé dans ses
voyages, qu'il terminait maintenant,

était d'étudier les moyens de rendre le plus heureux possible les hommes qu'il était appelé par son rang à protéger, Robert n'hésita plus à s'attacher à lui, et à tout employer pour l'éclairer sur les piéges qu'on allait tendre à sa bonne foi.

D'abord le jeune baron éprouva l'influence inévitable qu'exerçaient sur tous ceux qui fréquentaient cette maison, l'enthousiasme du père, les manières distinguées de la mère, la beauté et les grâces des jeunes filles. Les plus nobles sentiments, la tendre humanité, et tout ce que l'âme a de généreux et de bonté, semblaient animer les cœurs de cette famille.

Quelques jours après, on avait réuni du monde pour célébrer l'arrivée du cher parent, et la belle Héloïse, la fille aînée, fit son entrée dans le salon, vêtue comme Psyché, et presque aussi jolie qu'elle ; un tambour de basque à la main, elle exécuta une danse toute aérienne, qui porta dans l'âme naïve du jeune baron mille traits de flammes. Robert ne dit rien, mais le lendemain en se promenant avec Ludwig, qui, encore tout ému de l'impression de la veille, vantait les jolis pieds et la grâce enchanteresse de la danseuse, il dit comme par hasard : — Oui, j'en conviens, ces pieds délicats glissent sans peine sur un parquet, et foulent avec grâce de moelleux tapis, mais ils seraient fort en peine de se tirer de cette boue noire et de ces pierres, comme ces malheureux enfants et ces filles à demi vêtues!... En disant cela, il lui faisait remarquer le chemin rempli d'ornières profondes, l'état de délâbrement des chaumières, et l'air misérable des paysans qui les habitaient.

On conduisit Ludwig dans un pavillon élevé au fond du parc, et entouré de colonnes de marbre blanc ; Héloïse, à la prière et sur les dessins de qui cet élégant édifice avait été construit, en fit les honneurs d'une

manière charmante; on y fit de la
musique, on y lut des poésies nou-
velles, on y servit une collation, et le
jeune Greifenberg dit à Robert, pour
lequel il se sentait une tendre sym-
pathie, qu'il doutait qu'il y eût dans
toute l'Allemagne un lieu où l'on
sût aussi bien jouir de la vie que
chez le comte de Randen. Robert,
fidèle au plan qu'il avait adopté,
tout en convenant qu'en effet cette
manière d'employer sa fortune annonçait dans le propriétaire, des
goûts nobles et distingués, ajouta :
— Mais il faut aussi pour s'entourer
de tels agréments une fortune considérable, sans quoi on est obligé

souvent de sacrifier l'utile à l'agréable; l'église du village, par exemple, la maison du pasteur, et celle du maître d'école, auraient besoin de réparations urgentes ; et la moitié de l'argent employé à ce charmant pavillon grec aurait peut-être suffi pour cela...

Greifenberg sentait la vérité de ces observations, mais le charme était trop doux pour se dissiper aussi vite. Il aimait passionnément la musique; Héloïse avait la voix ravissante des syrènes, ses doigts voltigeaient sur les cordes d'une harpe et sur les touches d'un piano avec une surprenante habileté. Un soir, elle

avait ravi, touché et transporté l'âme
et l'oreille du jeune baron, par son
chant, et enfin par un délicieux
adagio, dont les notes expressives
exprimaient tour à tour les accents
de la douleur suppliante, d'une
douce pitié, d'une compassion gé-
néreuse; Ludwig se plaisait à redire
à son nouvel ami les émotions tendres et profondes que cette mélodie
lui avait causées, quand Robert, le
rendant attentif à un bruit de plain-
tes et de gémissements qui partait
d'une chaumière, lui dit : — Voici
bien un autre adagio, et d'une expression non moins pathétique...

Ils entrèrent dans la masure, où

ils trouvèrent une femme désolée, à qui l'intendant venait de faire enlever le pauvre lit sur lequel son mari était près d'expirer; malade depuis plus de six mois, il n'avait pu ni travailler, ni payer ses redevances, et l'intendant, obligé de payer ce jour-là une somme assez considérable aux entrepreneurs du pavillon, avait été forcé d'agir avec cette rigueur contre tous les vassaux en retard. Robert et Ludwig, après avoir laissé quelque secours à la malheureuse femme, et donné des ordres pour que ses meubles lui fussent rendus, rentrèrent au château; le jeune baron pensif, et Robert plein d'espoir que

de tels faits éclaireraient Greifenberg sur le caractère de ses hôtes. En
effet, depuis ce moment, les mœurs
attiques de la famille, la philanthropie fastueuse du père, la sensibilité
équivoque des jeunes filles, et surtout les grâces apprêtées d'Héloïse,
perdirent beaucoup de leur prix à
ses yeux. Il avait annoncé l'intention
de passer un mois dans cette demeure où tout était si trompeur ;...
au bout de quinze jours, il parla de
son départ, prétexta des affaires,
promit de revenir, et, résistant à toutes les instances qui lui étaient faites, il partit avec plus de joie qu'il
n'était arrivé. Il vint trouver Robert

à la résidence, et comme il avait intention de retourner sous peu à Greifenberg, il proposa à Robert de l'accompagner jusque là. C'était une occasion trop précieuse de se rapprocher de sa mère, pour que Robert ne la saisît point avec empressement. Le voyage fut agréable et rapide, et comme la petite ville où demeuraient les parents adoptifs de Robert était sur leur route, celui-ci proposa à son compagnon de s'y arrêter.

Le cœur de Robert fut délicieusement ému en entrant dans cette simple demeure, habitée par la paix, la vertu, le contentement modeste;

le vieux père, la bonne mère, le re-
çurent avec des larmes de joie. Marie était alors dans tout l'éclat de la
beauté que donnent la jeunesse, une
vie réglée et un cœur paisible; mais
ce n'était plus la jeune fille naïve
qui se jetait à son cou avec une con-
fiante amitié lorsqu'il revenait de
voyage ; c'était une jeune demoiselle
au maintien décent et réservé. Inti-
midée aussi par l'extérieur brillant
que donnait à Robert sa liaison avec
le jeune baron, cette voiture armo-
riée, ces domestiques respectueux,
cet uniforme de capitaine et les manières élégantes du jeune homme,
fruits de la fréquentation du grand

monde , tout concourait à lui faire
craindre un changement dans le cœur
de son frère d'adoption, et, par une
fierté naturelle , elle pensait que
maintenant elle ne devait en rien
rappeler le passé, puisque le présent
lui ressemblait si peu. Cette excessive
retenue, qui la faisait rougir et se
troubler quand Robert lui adressait
la parole, le soin qu'elle prenait d'é-
viter les occasions de se trouver seule
avec lui, affligeaient Robert, qui commençait à croire que l'absence lui
avait fait perdre l'affection de sa sœur
chérie. Cette mutuelle erreur pensa
avoir pour tous deux de funestes
effets ; car si Marie cachait avec soin

la douleur qui navrait son cœur,
sous un air calme et froid, Robert,
non moins blessé de cette indifféren-
ce, devenait de plus en plus craintif
et réservé; il n'osait plus la regarder qu'à la dérobée; quelquefois, lorsqu'elle traversait la chambre, il cherchait à surprendre son image dans la
glace. Mais comme Marie usait du
même artifice pour le voir, il en ré-
sultait que si leurs regards se rencontraient, tous deux rougissaient
et tous deux étaient décontenancés.

Cependant le jour du départ arriva; Robert prit si bien ses mesures
qu'il rencontra Marie seule au fond
du jardin :

— Je pars encore une fois, chère Marie, lui dit-il, d'une voix étouffée par une vive émotion, je pars ;... et il me semble pourtant que c'est ici le lieu de mon repos, que je ne devrais jamais te quitter... Ne le crois-tu pas Marie ?...

La jeune fille détourna la tête en silence pour cacher les larmes de joie et de douleur que lui arrachaient ces paroles prononcées avec un accent si doux.

— Marie ! continua-t-il en la regardant avec tendresse, écoute ! je reviendrai... ne m'oublie pas, entends-tu, Marie !...

— O Robert ! dit la jeune fille éplorée, peux-tu le croire? Non, je ne t'oublierai jamais....

—Ah, Marie, je voudrais bien pouvoir y compter!...

Les pleurs de Marie redoublèrent, elle regarda Robert avec l'expression du reproche.

— Mais, comprends-tu bien ce mot, *jamais!* dis-moi, chère Marie, qu'entends-tu par là?...

— Tout! dit la jeune fille, en posant ses deux mains sur son cœur; et, tournant son visage affligé vers lui : Tout! répéta-t-elle.

— O joie! ô félicité! s'écria Robert, en baisant ses beaux yeux, timidement baissés; ce mot me suffit!

Je pars heureux, Marie ; et bientôt tu me reverras...

Il partit ; mais deux mois après, le jeune Greifenberg s'étant arrêté à la cour de B***, où son grand-oncle, le général Raimbow, occupait un rang distingué, et Robert ayant vu ainsi retarder le moment de visiter Greifenberg, prit congé de Ludwig, sur lequel, au reste, le général avait des projets de mariage.

En se quittant, les deux amis se jurèrent une éternelle amitié, et le jeune baron, qui avait senti le service que Robert lui avait rendu en l'éclairant sur la véritable conduite des Randen, lui dit avec tendresse :

— J'ai peine à me séparer de vous, mon cher capitaine; quand et où nous reverrons-nous?...

— Le 10 mai, souvenez-vous de ce jour, cher baron, je me trouverai aux environs de Greifenberg. A peu près à une lieue du village, non loin de la route, est une petite colline, couronnée de bois, au pied de laquelle on a planté une croix, en souvenir d'un meurtre, commis dans cet endroit...

— Je connais ce lieu, ainsi que la croix : eh bien?...

— Vous me trouverez sur cette colline, le 10 mai.

— Pourquoi choisir cet endroit?

Venez jusqu'au château ; ma mère, ma tante, seront heureuses de vous y recevoir.

Le cœur de Robert battit avec force en entendant ces mots ; mais il sut modérer son émotion, et ajouta, en s'efforçant de sourire : — Que voulez-vous ? c'est un caprice peut-être ; mais enfin...

Ludwig ne le pressa plus. — Pourvu que je vous revoie, cher Robert, dit-il en l'embrassant, qu'importe en effet ? Souvenez-vous seulement de votre promesse !...

Robert lui avait confié son amour pour Marie, et la résolution où il était de l'épouser.

— Heureux Robert! dit Ludwig,
affranchi des entraves que m'impo-
sent de sévères convenances de rang
et de fortune, vous n'avez besoin,
pour assurer votre félicité, que du
consentement de ceux qui vous ai-
ment déjà comme leur fils, que d'un
oui timide, mais bien doux de celle
que vous aimez ; la bénédiction d'un
pasteur, un repas d'amis et quelques
réunions de famille, en seront toutes
les splendeurs. A Greifenberg, un
semblable évènement demande d'autres apprêts ; des arcs de triomphe,
des milliers de lampions, des feux
d'artifice, bals, concerts, grande foule, grand bruit surtout, célébreront

mon bonheur... Ah! ce bonheur est encore pour moi un problême!... le résoudrai-je?...

— Oui, dit Robert avec un tendre intérêt, si vous consultez votre cœur; croyez-moi, il ne vous trompera pas.

Les deux amis se séparèrent.

Quinze jours après, Robert était l'heureux époux de Marie. Ne voulant pas séparer entièrement Marie de ses bons et respectables parents, il loua une petite maison avec un jardin, à quelque distance de la ville, et il s'y établit avec sa jeune épouse. Le revenu dont il jouissait, provenant du placement des fonds de la comtesse de For-

bach, lui permettait de vivre dans une
honnête aisance ; et, dans cette douce
et charmante retraite, il partagea son
temps entre les pures jouissances du
cœur et la culture des lettres et des
arts, dont il avait pris le goût dans
ses voyages, et qui fournissaient maintenant d'agréables distractions à sa
vie.

———————

Tandis que Robert savourait si-
lencieusement son bonheur, en attendant que l'époque du 10 mai lui
permît d'en faire part à son ami, à
son frère, celui-ci, établi dans la
charmante propriété de Greifenberg,
s'occupait d'une manière à la fois

utile et agréable. Il avait trouvé dans
son Amélie des goûts semblables aux
siens, elle entrait dans toutes ses
idées d'ordre et d'arrangement. Une
élégante simplicité régnait dans
la maison d'Hermann : les meubles
en bois du pays étaient propres et
commodes ; de belles vues de Suisse
et d'Italie ornaient les murs de son
salon, un vaste divan en occupait une
partie, et un excellent piano de
Vienne, plus cher, quoique plus
simple, que celui que la famille du
château avait fait venir à grands frais
d'Angleterre, décorait l'autre côté,
car Hermann aimait la musique ; sa
femme, qui l'aimait également, avait

une jolie voix, et cet art charmant rendait pour eux les heures du soir douces et rapides.

La principale occupation d'Hermann était la culture de ses terres, l'amélioration de ses bestiaux et l'embellissement de sa propriété. Cette manière de vivre, toute dans ses goûts, nécessitait de fréquents rapports avec les habitants du village: aussi il en était estimé autant que chéri. Il tendait cordialement la main aux paysans, prenait part à leurs joies ou à leurs peines, accommodait les différents, et n'attendait pas, pour rendre un service, qu'on recourût à la prière; renonçant à toutes les pré-

rogatives que donne la fortune, il ne
voulait être considéré que comme un
bon cultivateur, un peu plus riche
que les autres, et, par conséquent,
plus en état de faire le bien. Cette
conduite lui gagna le cœur de tous
les habitants; et, sans l'avoir recher-
ché, il s'en trouvait plus considéré
que le baron de Greifenberg lui-
même, qui pourtant était naturelle-
ment bon, humain, généreux, mais
auquel des préjugés, sucés avec le
lait, et entretenus encore par l'orgueil traditionnel de la famille, ne
permettaient pas toujours de suivre
les mouvements de son cœur.

Il y avait une rivalité secrète et

quelque chose de presque hostile
entre les deux maisons de Steuerwald et de Greifenberg; on sentait
que l'ancien esprit qui les avait divisées jadis régnait encore, quoique
avec moins de puissance.

Cependant cet esprit ne se mani-
festait point dans les rapports des
chefs des deux familles. Le baron
Ludwig, aussitôt qu'il avait appris le
retour de son ancien ami Steuerwald, était venu le visiter; il avait
paru revoir Hermann, le compagnon
de son enfance, avec plaisir; dans
différentes circonstances, il avait re-
couru à ses conseils pour des amé-
liorations à faire, des plans à exécu-

ter; mais leurs rencontres semblaient
être plutôt l'effet du hasard que celui
d'une volonté directe d'établir entre
eux des relations d'amitié et de bon
voisinage. A la vérité, Hermann,
dans ces occasions, mettait toute la
franchise et l'obligeance de son caractère, mais aussi toute l'indépendance dont il était susceptible, tandis que les procédés du jeune baron
étaient accompagnés d'une certaine
froideur, d'une réserve un peu hau-
taine, qui trahissaient en lui une
certaine disposition aristocratique
tout-à-fait opposée à la popularité
d'Hermann. Cette manière d'être
était moins le résultat des principes

du jeune baron que celui de l'influence qu'exerçaient sur lui sa mère
et surtout sa tante, la fière et hau-
taine Sidonie. La vue d'Hermann,
en lui rappelant douloureusement
son père et le sanglant outrage qu'elle
en avait reçu, lui rendait odieuse
toute relation avec la famille de
Steuerwald; aussi nulles invitations
n'avaient été faites à la jeune femme
d'Hermann; et lorsque ces dames se
rencontraient, elles se saluaient avec
politesse, mais sans chercher à s'a-
border. Amélie avait à cet égard
moins de philosophie que son mari,
qui, dédaignant tout ce qui tenait
purement à l'étiquette et aux conve-

nancès, vivait libre et content à sa
manière, sans se soucier de ce qui se
passait dans les salons dorés de Greifenberg. A cette époque, le baron
Ludwig fit un voyage, et toutes
relations furent à peu près inter-
rompues entre les habitants de la
maisonnette et les nobles dames du
château.

Six mois se passèrent, et l'on apprit tout à coup que le jeune baron
était fiancé avec une comtesse de
Born. C'était pour cette raison que
son oncle le général l'avait retenu à
B***. On vantait la beauté, l'amabilité
de la future baronne; et on annonçait l'arrivée des deux fiancés ainsi

que de l'oncle Raimbow comme devant être très-prochaine. Aussitôt tout fut dans un joyeux tumulte au château. La baronne, qui aimait son fils avec idolâtrie, et Sidonie, qui voyait dans Ludwig le discret témoin de ses anciennes amours, firent à l'envi des préparatifs pour célébrer l'arrivée du jeune couple avec la pompe et la splendeur dignes de l'antique famille des Greifenberg. Ainsi que Ludwig l'avait dit à Robert en prenant congé de lui, tous les gens de la maison et même du village furent mis en réquisition pour cette fête; on dressa des échafauds pour les musiciens; des arcs de triomphe,

garnis de branches de sapin avec des
devises, furent élevés aux limites du
territoire, à l'entrée de la grande
avenue de chênes qui conduisait au
château et à la porte de la cour
d'honneur; on fit des guirlandes de
fleurs, des bouquets, des transpa-
rents; des couplets, remplis d'allu-
sions à l'heureux évènement; enfin,
des artificiers de la ville voisine établirent au bout du jardin, en face
des fenêtres du château, le théâtre
de leurs brillants prestiges.

La colline sur laquelle s'élevait la
demeure d'Hermann aboutissait derrière cet endroit; et comme la partie du bois qui couronnait cette col-

line lui appartenait, il y avait fait
élever une espèce de petit temple
formé de gros troncs d'arbres, et
dont l'effet était extrêmement pittoresque. La baronne, en examinant
l'emplacement du feu d'artifice, sentit qu'une illumination placée sur
cet édifice rustique compléterait le
coup d'œil; et, dans son empressement, elle alla elle-même trouver
Steuerwald, qui se promenait dans
un champ voisin, pour le prier de
permettre qu'elle fît placer quelques
lampions et partir quelques gerbes
de ce point. Hermann répondit avec
politesse, que lui-même en avait eu
l'intention; qu'il avait déjà fait ses

préparatifs en conséquence, et pria
la baronne de se reposer sur lui de
ce soin.

— Trop heureux, ajouta-t-il, de
donner ainsi à M. Ludwig une preuve
de la part qu'il prenait à son bonheur.

La baronne, ravie de cette promesse, et surtout de la grâce avec
laquelle le jeune Steuerwald l'avait
faite, revint au château, et s'em-
pressa de raconter à Sidonie le nouvel embellissement qu'elle avait ajouté
à leur projet, et elle alla même jusqu'à témoigner le désir d'engager
Steuerwald et sa femme à la fête. A
cette proposition, le front de Sidonie se rembrunit, et, comme il lui

arrivait toutes les fois qu'il était
question des Steuerwald, elle donna
des marques de mécontentement.
Qu'y avait-il de commun entre ces
gens-là et les membres de la noble famille qui devaient se réunir au
château? Pourquoi leur en donner
l'entrée? Elle se souvenait avec amertume combien une occasion semblable, en amenant un Steuerwald
parmi eux, avait été funeste à son
repos!... Croyez-moi, ma sœur, dit-
elle d'un air sombre, l'esprit de vengeance qui divise depuis si long-
temps nos deux familles n'est point
encore apaisé... Jusque-là, vivons
séparés...

La baronne fit quelques objections; mais Sidonie fut inflexible, et
comme elle exerçait une grande influence sur sa belle-sœur, il fut con-
venu qu'on n'inviterait uniquement
que la famille, qui, du reste, était
considérable, et que Steuerwald ne
pourrait se formaliser, puisque nul
étranger ne serait admis à la fête
dont il était exclu.

Au jour marqué, le baron et sa
fiancée, accompagnés d'une foule
nombreuse des parents de cette dernière, arrivèrent; ils quittèrent leur
voiture à l'entrée de l'avenue; c'était
le soir : tous les arbres étaient illu-
minés, le chemin avait été aplani

et sablé; de chaque côté, tous les
vassaux, vêtus de leurs plus beaux
habits, accueillirent leurs jeunes
maîtres par de vives et bruyantes
acclamations; de distance en distance, des groupes de musiciens rem-
plissaient l'air d'une douce harmo-
nie; devant le château, le régisseur,
le bailli et les autres officiers et em-
ployés de la seigneurie, complimen-
tèrent le baron, et de jeunes filles,
vêtues de blanc, présentèrent à la
charmante fiancée une couronne de
myrte et un bouquet de roses blan-
ches. Tout ce cortége accompagna
le jeune couple à la chapelle, où la
famille était réunie. L'autel était prêt,

et le vénérable pasteur de Greifenberg, qui un an auparavant avait
marié les enfants de Steuerwald d'une
manière si prompte et si bizarre,
donna la bénédiction nuptiale aux
jeunes époux.

Après la cérémonie, et quand les
deux familles eurent félicité le baron
et son aimable compagne, on passa
dans la salle à manger, où une collation était servie; puis de là dans le
salon, décoré avec magnificence et
éclairé par la lumière de mille bou-
gies placées dans des candélabres et
des lustres de cristal. Ce lieu était dis-
posé pour la danse; une musique
délicieuse en donna le signal. Bientôt

des couples légers parcoururent la
salle, en formant cette chaîne vivan-
te et gracieuse dont le mouvement
circulaire et mesuré semble em-
prunté à celui des globes célestes.
Une bombe éclatant dans les airs,
et faisant jaillir des milliers d'étoiles,
interrompit la danse : tout le monde
courut aux fenêtres et sur le vaste
balcon qui régnait le long de la maison; les gerbes, les soleils, les ser-
pentaux réussirent à merveille; un
bouquet étincelant semblait annoncer la fin du feu d'artifice, quand on
aperçut au-dessus des arbres du parc
comme une aurore naissante; peu à
peu, du sein de vapeurs lumineuses

on vit un globe éclatant pareil au soleil s'élever dans les airs ; quand il fut à une certaine hauteur, des écha- faudages qui masquaient le temple rustique tombèrent, et on aperçut l'élégant édifice dont les colonnes étaient entourées de guirlandes de feux colorés, tandis que sur son fronton étincelaient les chiffres réu- nis des jeunes époux, entourés d'é- pis, de pampres et de fleurs bril- lantes.

Tous les spectateurs applaudirent avec transport à la beauté de cette merveilleuse illumination, qui, par son élévation et le point où elle était placée, semblait faire partie de celle

du jardin : le baron seul avait de-
viné la vérité. Ne voyant point Steuerwald parmi les assistants, il s'en plai-
gnit doucement à sa mère, qui ne
put alléguer que les raisons qu'avait
données Sidonie. Le baron secoua la
tête; il regrettait qu'on eût perdu
la seule occasion de faire au jeune
Steuerwald une politesse qui, selon
lui, n'eût pas compromis la dignité
de la famille. Aussi, dès le lendemain il alla faire une visite à Hermann, et le remercia avec plus de
chaleur qu'il n'en mettait d'ordinaire
dans ses démonstrations, de l'aimable attention qu'il avait eue d'em-
bellir sa fête. Hermann reçut ses

remercîments avec sa cordialité ha-
bituelle, et souhaita au baron, dans
son nouveau lien, tout le bonheur
dont il était digne. Ces assurances
d'estime mutuelle, de bienveillance
et même d'affection, semblaient devoir rompre la glace qui séparait le
cœur de deux hommes si bien faits
pour s'aimer. Mais il n'en fut point
ainsi; et, après cette visite, à laquelle
Hermann ne répondit point, le baron en resta là. Il ne présenta point
son épouse, non-seulement parce
que Steuerwald n'avait point présenté
la sienne dans le temps, mais encore parce qu'il était évident qu'Hermann dédaignait de saisir l'occasion

de se rapprocher de ceux qu'il éga-
lait, sinon en richesses, du moins en
fierté. Cette conduite de la part
d'Hermann, conséquence nécessaire
de celle que les gens du château
avaient tenue envers lui depuis son
retour, était encore inspirée par l'indépendance naturelle de son caractère, qui se révoltait contre tout ce
qui ressemblait à la soumission. Il
avait souvent des discussions assez
vives à ce sujet avec sa femme, qui ne
se fût peut-être pas souciée, attendu
la simplicité de ses manières, de
fréquenter la société du château, et
qui pourtant souffrait quelquefois
d'en être exclue. Non! disait Her-

mann, en faisant des visites à ces
gens orgueilleux, nous aurions l'air
de nous ranger à notre devoir; et,
par le ciel, il n'en est pas ainsi!
J'aime le baron, je pourrais même
être son ami;.. mais, sur mon âme,
je ne voudrais pas être quelque chose
de moins.

— Cependant, cher Hermann, son
rang doit-il lui nuire dans ton esprit?

— A Dieu ne plaise que je lui en
fasse un crime! mais Dieu me pré-
serve aussi de lui en faire un mé-
rite!... S'il estime plus la caste que
l'homme, soit: alors restons chacun
sur notre terrain; mais s'il estime

plus l'homme que la caste, que sa
conduite, et surtout ses manières,
me le fassent connaître, alors je bri-
serai moi-même les entraves élevées
entre nous par les triples préjugés
du rang, de la fortune et d'une vieille
haine, que du reste je ne partage
point.

Au château, s'élevaient aussi de
semblables controverses; mais comme il y avait plus de morgue, plus
d'animosité, et peut-être une secrète
envie de l'estime et de la considéra-
tion que la modestie d'Hermann
lui attirait de la part des habitants, ces discussions, que Sidonie
terminait toujours par quelques traits

amers lancés contre la famille ennemie, n'aboutissaient qu'à rendre le
baron plus réservé, plus circonspect
dans ses rapports fortuits avec Hermann, et chacun mutuellement s'ac-
cusait d'orgueil et de fierté ridicule.

Cependant un évènement heureux vint écarter toute pensée sou-
cieuse du cœur d'Hermann ; Amélie
lui donna un fils, et de ce moment,
ce cœur impétueux, cet esprit un
peu inquiet, et que les liens de fleurs
de sa vie présente enchaînaient à
peine, se trouva fixé pour toujours.
L'amour paternel révéla au jeune
homme sa destinée ; et les tendres
vagissements de son enfant, en éveil-

lant dans son âme des émotions in-
connues, lui apprirent que, dans la
culture de cette jeune plante confiée
à ses soins, la Providence, par une
loi sublime, avait renfermé tous ses
devoirs. C'était une âme d'homme à
développer dans cette faible créa-
ture, une âme à guider, à conduire
plus tard par le sentier épineux de
la vie; c'est à ce noble but que devait servir les lumières de sa raison, les expériences de son juge-
ment, celles de toute sa vie. O tâche
noble et trop méconnue! celui qui
vous comprend et sait dignement
vous remplir, goûte autant de bonheur qu'il est digne de respect!...

— Oui, disait Herman avec attendrissement, oui, mon Amélie! je sens le but pour lequel j'existe, pour lequel je travaille; c'est de donner à un autre ce que j'ai reçu moi-même : la vie, la sagesse, et l'amour. Cette transmission, passant incessamment des pères aux enfants, forme peut-être cette chaîne mystérieuse qui doit conduire l'homme à une perfectibilité dont il n'entrevoit encore l'aurore, et..... ô bonté du ciel! le seul accomplissement de ce saint devoir, de ces nobles fonctions, est déjà une félicité sur la terre...

Amélie partageait tous ces sentiments.

Le jour du baptême de son fils,
il se rendit avec sa femme à l'église;
son intention était de donner Robert
pour parrain à son enfant, conjoin-
tement avec son père; mais tous deux
étant absents, Hermann pria le vieux
Lindner de représenter Steuerwald,
tandis que lui tiendrait la place de
Robert. Il donna à son fils les noms
de *Maximilien-Henri*, qui étaient
ceux des deux parrains.

Tout le village s'était rassemblé
comme en un jour de fête, dans l'é-
glise; et cette cérémonie, déjà tou-
chante par elle-même, le devint encore plus, quand Hermann, en rece-
vant son fils des mains du pasteur,

le plaça dans celles des anciens de la
paroisse, et, le recommandant à leur
amitié et à leur protection, leur dit
d'une voix émue : — C'est mon fils !
qu'il soit aussi le vôtre ! que vos enfants soient ses frères ! et qu'il de-
vienne par la suite leur ami !...

Alors toutes les mères se rassem-
blèrent autour d'Amélie, la félicitè-
rent sur son bonheur, caressèrent
l'enfant, et lui prédirent à l'envi
beauté, santé, bonheur, richesses.
Quand on sortit de l'église, les enfants du village, réunis sous le por-
che, présentèrent au nouveau-né
une corbeille des plus beaux fruits
entourés de fleurs, et un vieillard

qui les conduisait, dit alors : —
Puisse votre fils, monsieur Steuerwald, fleurir dans sa jeunesse comme ces roses, et briller à son au-
tomne comme ces fruits ; puisse-t-
il, en un mot, ressembler à son
père !.....

Rien de tout cela n'avait été com-
mandé, sollicité, c'était un hommage
simple et pur comme les cœurs qui
l'offraient.

On apprit cette petite scène au
château. Sidonie, comme de coutume, lança un sarcasme amer contre
la manie des gens qui veulent mettre
du sentiment à tout. La baronne
trouva que l'invention de la corbeille

de fleurs et de fruits était ingénieu-
se, et déjà elle pensait à profiter de
cette idée pour faire quelque chose
de semblable lors des fêtes qu'elle
comptait donner pour la naissance
de son petit-fils. Ludwig, qui regardait avec un tendre intérêt la
taille arrondie de sa jeune femme,
dit en soupirant : — Vous direz tout
ce que vous voudrez, une offrande
volontaire, fût-elle de simples fleurs,
vaut mieux que tout l'éclat qui en-
tourera le berceau de mon fils; voilà
ce que j'envie à Steuerwald : c'est qu'il
est plus pour les habitants de Greifenberg que moi, qui en suis le maître. Et, je vous le demande, pour-

quoi ne serais-je pas à la fois leur maître et leur ami?...

— La Providence, en te plaçant dans le rang élevé que tu occupes, répondit la baronne, t'a donné des jouissances plus nobles, des devoirs plus doux?...

— Ah, ma mère, vous êtes dans l'erreur! qu'y a-t-il de plus doux que d'être aimé? de plus noble que de s'en rendre digne?...

Sidonie fit un éclat de rire moqueur; l'enthousiasme de Ludwig touchait des cordes trop sensibles, et dont son âme avait trop souffert, pour les entendre vibrer froidement.

Cependant elle ajouta avec une mélancolie soudaine, qui révélait bien l'état de son cœur : — Ludwig, ton erreur est plus dangereuse que la nôtre.... Le réveil de celle-ci peut être salutaire, et nous porter vers une meilleure voie ; l'autre, terrible, poignante, cruelle, ne nous jette que dans le désespoir....

Ludwig ne répliqua point ; il connaissait les motifs douloureux qui forçaient sa tante à s'exprimer ainsi ; et il l'écoutait sans adopter entièrement sa manière de voir.

Cependant, pour donner une marque particulière de son estime à Hermann dans cette circonstance,

il envoya, avec quelques mots de
félicitation, au nouveau-né le titre de
propriété d'un petit terrain qu'Hermann désirait depuis long-temps,
parce que ce terrain séparait son jardin de la partie du bois qui lui appartenait.

Hermann fut très-touché de ce
procédé, et, dans la chaleur de sa
reconnaissance, il se rendit au château pour remercier le baron. Mais,
par une bizarrerie assez singulière,
celui-ci reçut Hermann avec plus de
froideur que jamais; il ne voulait
point de remercîment pour un si
mince présent; sa froide politesse
répondit seule à la vivacité, à l'em-

pressement d'Hermann. Ils se séparèrent aussi froids, aussi indifférents
qu'ils étaient auparavant. Toutefois,
ces deux cœurs, si bien faits pour
s'entendre, ne devaient pas toujours
rester séparés.

L'hiver se passa rapidement, le
printemps revint, et le mois de mai,
avec toutes ses fleurs, rappela à
Hermann que le 10, jour de sainte
Victoire, il devait revoir son ami.

La veille de ce beau jour, Hermann
dit à sa femme : — Chère Amélie, j'ai
résolu de célébrer mon jour de naissance là-bas sur la colline... tu sais?

à la croix de Greifenberg! Habille ton
fils; et toi, sois bien jolie demain,
car c'est un jour de bonheur....

En effet, le lendemain Amélie,
toute parée et portant son fils, vêtu
de blanc, était prête à sept heures
du matin. Hermann fit mettre du vin,
des gâteaux et des fruits dans le coffre
du petit chariot de son fils, et, ap-
pelant un enfant du village pour traîner ce léger équipage, il prit avec
sa femme le chemin de la colline en
question.

Comme ils tournaient le mur du
parc du château, ils en virent sortir
le baron et sa femme par la petite
porte de derrière. Cette rencontre

contraria Hermann; toutefois, comme il était impossible de passer outre sans s'arrêter, tous deux se saluèrent, et parlèrent un instant de la beauté du temps, de la fraîcheur de la matinée; après quoi Hermann, saluant le noble couple, reprit la petite route ombragée qui conduisait à la colline. Le baron et sa femme le suivirent :

— Je vais aussi de ce côté, dit Ludwig, et tous deux, marchant à côté l'un de l'autre, continuèrent un entretien assez insignifiant. Tous deux paraissaient préoccupés d'idées particulières. Au premier chemin de traverse, Hermann ôta de nouveau son chapeau; car il pensait que le baron

allait le quitter, mais celui-ci continua à suivre la même route.

Les deux jeunes dames, qui d'a-
bord s'étaient dit peu de choses,
commençaient cependant à devenir
plus communicatives ; Amélie parla de son fils, et Julie de ses douces espérances d'être bientôt mère.

— Et où allez-vous si matin ? demanda enfin cette dernière, en jetant
un regard, plus interrogatif encore
que la question, sur la toilette de la
mère et de l'enfant.

— Mon Dieu, je ne sais ; répondit
Amélie avec embarras, car elle ne
voulait pas dire que c'était une fantaisie de son mari ; et vous, madame
la baronne ? ajouta-t-elle.

— Mais, pas plus que vous, répondit la baronne en riant; mon mari m'a invitée à cette promenade comme à une fête.... La chose en resta là.

Hermann, voyant qu'à chaque embranchement de la route le baron ne faisait point mine de le quitter, lui dit enfin : — Mais où allez-vous donc positivement?

— A la rencontre d'un ami, répondit le baron.

— Et moi de même, reprit Hermann, charmé de ce rapport. Et tous deux se regardèrent avec surprise, comme pour deviner mutuellement leur secret.

On était alors arrivé au pied de la colline, et la croix, monument funeste, mais sanctifiée par un sentiment plus doux que celui qui l'avait fait ériger, s'élevait au milieu de jeunes arbres et des buissons de roses sauvages dont Hermann, depuis deux ans, l'avait fait entourer.

Hermann, oubliant son compagnon, s'avança avec empressement, tira de sa poche une flûte, et se mit à jouer l'air : « *Non, ce n'est pas seu-* » *lement pour cette vie que se nouent les* » *doux liens de l'amitié.* »

Aussitôt une autre flûte se fit entendre du sein du bosquet en fleurs, et joua le second dessus de cet air

bien connu des jeunes gens en Allemagne, et qui est pour eux le *où
peut-on être mieux* des Français. A ces
accents, Hermann put à peine achever le couplet; ses yeux étincelaient
de joie, sa poitrine était haletante; il
prit vivement la main de sa femme,
hâta la marche du petit garçon qui
traînait le charriot, et dit à la hâte
au baron :—Pardon! mais ici il faut
que je vous quitte.

Ludwig, dont l'émotion était presque aussi vive que la sienne, ne
répondit point. Le cri : Victoire!
victoire! partit alors du haut de la
colline, et Robert parut à travers
les buissons : Victoire! victoire! ré-

pondit Hermann avec transport, en
courant à lui; mais quelle fut sa
surprise d'entendre aussi le baron
crier : Victoire! victoire! et de le
voir franchir le fossé et gravir la
colline aussi lestement que lui, pour
courir dans les bras de Robert !

— Mais, monsieur le baron, c'est
mon ami? lui dit-il.

— Je m'en doute, mais il est
aussi le mien, répondit Ludwig en
souriant, c'est mon cher capitaine
Forster....

Robert était arrivé près d'eux, il
ouvrait ses bras : tous deux s'y pré-
cipitèrent. Ce fut un moment d'émotion vive et profonde, que celui de

la réunion de ces trois jeunes gens, et auquel le lieu où elle se passait dounait quelque chose de solennel: sur la tombe d'un Greifenberg, un Steuerwald et un Greifenberg se tenaient pressés sur le cœur de Robert, dont la destinée mystérieuse réunissait les intérêts des deux familles.

On avait oublié, non seulement les deux dames restées dans le chemin, mais la douce Marie, qui, attendrie par ce spectacle, se tenait timidement auprès de la croix, où elle avait l'air de l'ange pacificateur assistant à une réconciliation.

— Hermann ! s'écria enfin Robert,

en désignant Amélie, qui s'était avan-
cée la première, portant son fils dans
ses bras ; Hermann, mon pressentiment me trompe-t-il? est-ce à toi
ce double trésor?

— Oui, dit Hermann, ivre de joie,
voilà ma femme, voilà mon fils !
Tiens, frère, prends-le ! bénis-le !
caresse-le ! c'est ton filleul ; je lui ai
donné un de tes noms. O mon Amélie, continua-t-il, voilà mon frère !
mon ami ! Aime-le, Amélie, aime-le
comme moi , car c'est un autre moi-
même.

Amélie tendit la main à Robert,
et lui présenta sa joue rose ; tandis
qu'Hermann, auquel Robert avait

aussi présenté sa femme, lui faisait
avec sa franchise accoutumée la même caresse. Mais bientôt, revenant
l'un à l'autre, ces deux jumeaux ou-
bliaient tout le reste, et, se pressant
de nouveau cœur contre cœur, et
les bras entrelacés, se disaient en peu
de mots tout ce qui leur était arrivé
d'heureux pendant cette longue absence.

Le baron s'approcha alors, dit
du ton d'un doux reproche : — Et
moi, Robert, ne suis-je pas aussi votre ami? Vous me l'avez laissé croire
du moins, et cette illusion m'était
bien douce...

Robert ne le laissa point achever;

il le serra dans ses bras, et dit avec
un accent ému :—Ludwig, ne soyez
point jaloux! Je vous aime.... ah! je
vous aime bien plus que vous ne
pouvez le croire !...

— Eh bien ! s'il en est ainsi, répondit le jeune baron, en s'abandon-
nant à la pente naturelle de son âme
tendre et sensible, s'il est vrai que
vous m'aimiez, admettez-moi donc
en tiers dans votre amitié; et obte-
nez-moi, ajouta-t-il en riant, le cœur
un peu sauvage de cet Hermann que
je ne puis apprivoiser.

Pendant ce temps, Hermann avait
retiré du chariot la bouteille de vin.
Il revint près des deux amis; il rem-

plit un verre , et , regardant Robert
avec des yeux tout brillants de joie ,
il en but la moitié et lui donna le reste:
son émotion l'empêchait de parler.
Robert but le vin en silence ; des larmes roulaient dans ses yeux. Il remplit de nouveau le verre , y porta ses
lèvres; puis, le présentant au baron :
—Sois aussi mon frère ! dit-il, attendri.

Le baron vida le verre avec empressement, puis il dit : — Maintenant votre frère à tous deux , nobles
amis! vous faites de moi un autre
homme!

A son tour, il remplit le verre, et,
l'offrant à Hermann : — Steuerwald,

dit-il d'un ton solennel, paix et réconciliation!

— Que voulez-vous dire? demanda
Hermann avec surprise; vous ai-je
donc offensé?

— Paix et réconciliation entre nos
deux familles! répéta le baron, encore
plus ému. Il posa son verre plein sur
la croix de pierre. Sois mon ami! sois
mon frère, Hermann! et en buvant
ce vin de l'amitié, pose la main sur
cette croix!... Sais-tu qui elle cou-
vre?...

Tous trois se rapprochèrent du
monument. — Comment avez-vous
choisi ce lieu pour point de réunion?
demanda-t-il. Robert raconta le ha-

sard qui les avait réunis sur cette
colline le jour de leur naissance.

— Un hasard ! continua le baron :
sous cette pierre repose un Greifenberg. Un Steuerwald l'égorgea à
cette place, car le Greifenberg avait
aimé une fille de votre maison ; puis,
séduite et enfin abandonnée; son
frère la vengea... Quand tu m'assi-
gnais ce lieu pour rendez-vous, Robert, je connaissais tout ce qu'il avait
de solennel pour moi ; mais je n'y
songeai point dans le moment. Pourtant ce matin, en m'acheminant vers
cette colline fatale à ma famille, je ne
pus me défendre d'un léger frisson
en te voyant ; Hermann, un Steuer-

wald, en prendre aussi le chemin, et
enfin courir au même but que moi;
toutefois, depuis que je t'ai vu, Robert, depuis que tes bras ont réuni
sur ton noble cœur un Greifenberg
et un Steuerwald, je ne sais quelle
paix est entrée dans mon cœur; et
quelque chose me pousse à te dire,
Hermann, ici, sur les cendres d'un
de mes aïeux : Ton ennemi accepte
de l'héritier de ce nom jadis détesté;
paix et réconciliation. Il y avait tant
de dignité et de sensibilité dans l'accent avec lequel le baron prononça
ces paroles, que le cœur un peu re-
belle d'Hermann fut vaincu; il tendit la main à Ludwig : et Robert,

plus ému encore que tous deux, les rapprochant l'un de l'autre :

— Oui, paix et pardon ! répéta-t-il, c'est moi qui vous réconcilie ; moi seul en ai le pouvoir, peut-être ;... car je vous aime tous deux, ajouta-t-il, pour déguiser le sens de ces derniers mots.

Alors les deux hommes burent tour à tour à la même coupe, en touchant le monument expiatoire ; et, se jetant de nouveau dans les bras l'un de l'autre, le pacte d'amitié fut formé entre eux sans nul réserve.

Les trois dames, qui s'étaient réunies auprès du petit enfant, avaient

bien vu que leurs maris étaient occupés de quelques pensées graves;
et la vive Amélie, pour distraire ses
compagnes, dit en riant : — Les femmes n'ont pas besoin, comme les
hommes, de l'intermédiaire d'un
verre de vin pour conclure entre
elles des traités d'amitié, d'affection,
n'est-ce pas?... Et, en parlant ainsi,
elle les embrassa l'une et l'autre;
Julie et Marie se prêtèrent de bonne
grâce à cette caresse aimable; ensuite
elles admirèrent le bel enfant; ses
premières dents, ses beaux cheveux,
ses vives couleurs firent tour à tour
le sujet de la conversation; et ces
petits intérêts maternels établirent

bientôt dans le trio féminin une douce familiarité. Les hommes se rapprochèrent alors, et le pacte d'union entre les trois familles se fit alors d'une manière plus complète.

Tous ensemble reprirent le chemin de Greifenberg; le baron voulut conduire son nouvel ami jusqu'à sa maison. Arrivé là, Amélie ne put se dispenser d'offrir à la jeune baronne de se reposer; tous entrèrent, et, cédant à ce doux entraînement que produit la simplicité et la bonhomie, Ludwig y passa le reste de la journée avec sa femme. Et il ne quitta Robert que quand ce dernier lui eut promis d'aller aussi passer

huit jours au château. Robert, plus
ému qu'il n'osait le laisser paraître,
de cette proposition qui servait si
bien ses désirs secrets, le lui promit
avec une effusion de cœur dont le
baron fut fort touché.

— Et vous, Hermann, dit-il ensuite en souriant, me tiendrez-vous
rigueur? ne viendrez-vous pas voir
votre ami?...

—J'irai voir mon ami et mon frère,
répondit Hermann.

Ils se séparèrent.

Le lendemain Robert mit son brillant uniforme, car il voulait paraître
avec avantage aux yeux de sa mère;
Amélie se para, ainsi que Marie;

pour Hermann, il ne fit aucun changement à sa toilette, et l'on alla faire
la visite projetée. Le baron avait pré-
venu sa mère et sa tante; Julie, qui
avait trouvé la jeune madame Steuerwald aussi bonne qu'aimable, en
avait fait un charmant éloge, ainsi
que de la femme de Robert, et leur
avait préparé auprès des autres dames
une bonne réception. Ludwig présenta le capitaine Forster comme son
plus cher ami ; mais comme celui-ci,
continua-t-il en désignant Hermann,
est un autre lui-même, je me trouve
avoir deux amis dans un seul.

La baronne douairière et la jeune
dame firent un accueil gracieux aux

deux femmes; mais la vue de Robert
avait produit une impression profonde sur Sidonie : elle ne pouvait
détourner ses yeux de sa personne;
ce front élevé, ce beau profil, cette
taille, cette démarche, tout lui rappelait je ne sais quel souvenir qui
remplissait son âme de trouble et
d'émotion. Quand il parla, ce fut
bien pis encore; car Robert avait le
même son de voix que son père.
En l'écoutant, Sidonie se sentait
charmée; son geste, aussi-bien que
sa parole, attiraient son attention;
et, bien que souvent elle voulût s'en
défendre, et reprendre son flegme
ordinaire, tant que dura la visite,
elle fut rêveuse et préoccupée.

Robert aussi éprouvait un trouble d'autant plus grand, qu'il était obligé de le dissimuler avec soin ; constamment interpelé par le baron, ou par Hermann, il s'efforçait de répondre avec justesse à des questions dont il ne comprenait pas toujours le sens, parce que son cœur, son âme, sa pensée étaient occupés ailleurs. Il avait à peine osé envisager la comtesse, tant son air lui avait paru sévère, imposant ; et la pensée que, s'il lui disait : Je suis ton fils, il lui verrait éprouver un effroi pareil à celui que causerait un fantôme, remplissait son âme d'un sentiment amer et douloureux. Aussi fut-il content de

voir s'abréger cette première visite.
Toutefois, au moment où il prenait
congé, et où le baron lui rappelait
sa promesse de venir passer huit
jours au château, Robert crut pouvoir se flatter d'un peu d'espoir. Sidonie s'approcha de lui tout à coup,
comme pour joindre ses instances à
celles de son neveu; puis soudain,
comme si une pensée fût venue gla-
cer son cœur, elle s'arrêta et salua la
famille plébéienne avec sa froideur
accoutumée, et Robert, inclinant la
tête avec tristesse, se dit : Son cœur
est muet pour moi!... Il n'était point
muet, ce cœur! mais sa voix n'était
point assez puissante pour étouffer

celle de l'orgueil, qui parlait encore
plus haut que lui; et quand la première émotion causée par l'aspect
de Robert fut un peu calmée, ce ty-
ran, qui dominait si cruellement ses
plus nobles affections, reprit tout
son empire. Si la vue de Robert avait
touché l'âme de Sidonie par de secrètes et mystérieuses influences, celle
d'Hermann, en lui rappelant d'une
manière plus directe Steuerwald et
toute la honte et le malheur atta-
chés pour elle à ce nom, lui causait
une émotion pénible qui ressemblait
presque à de l'aversion. A la manière dont Ludwig avait parlé d'Hermann, et à l'accueil qu'il lui avait

fait, elle vit bien qu'il fallait se résoudre à le revoir souvent, et à laisser
établir entre les deux maisons des relations auxquelles ses préjugés, son
orgueil et son ressentiment répu-
gnaient également. Elle ne pouvait
empêcher son neveu de mettre fin à
cette longue querelle; mais, en prenant le parti de se tenir sur la réserve avec la famille ennemie, elle
ne manquait pas de laisser échapper des remarques sur les dangers
de la familiarité entre gens dont les
états, les goûts et les opinions doivent être si différents, et même de
prédire malheur à une amitié aussi
dangereuse.

Ainsi, malgré les paroles géné-
reuses de Ludwig, malgré le secret
espoir de Robert, qui, en réunissant
dans ses bras un Greifenberg et un
Steuerwald, se flattait d'étouffer la
vieille haine qui les séparait depuis
des siècles, cette haine active vivait
encore, et l'implacable Némésis n'é-
tait point apaisée.

Robert avait été s'établir au château ; la douceur, la politesse de ses
manières, la profondeur et la variété
de ses connaissances, autant que les
agréments de son esprit et le charme
de sa conversation, lui gagnaient
complétement tous les cœurs; Sidonie
elle-même fut vaincue, et se livra

peu à peu à l'intérêt vif qu'il lui inspirait. Elle se promenait avec lui :
elle lui faisait raconter ses voyages,
la manière dont il avait été élevé, ses
premières années passées au sein de
l'étude, et les commencements de
ses naïves amours avec la douce Marie ; tous ces détails avaient un
charme infini pour elle. En l'écoutant parler, elle le regardait avec un
plaisir mêlé d'attendrissement, dont
elle n'était pas toujours maîtresse ;
car elle pensait que son fils, s'il eût
vécu, aurait cet âge... Une fois, en
apprenant que le 10 mai était son
jour de naissance, elle eut comme un
pressentiment que Robert pourrait

bien être son fils, et elle lui demanda
de nouveau détails sur ses parents,
dont il avait parlé jusque-là d'une
manière assez vague, et, surtout, s'il
avait connu sa mère. A cette question, une violente émotion saisit le
cœur du pauvre Robert, et son secret fut prêt à lui échapper; mais
soudain il se rappela le serment qu'il
avait prononcé à haute voix, en ouvrant les papiers de la comtesse de
Forbach, et il eut le pouvoir de se
taire. Après un moment de silence,
il dit à Sidonie que son père, employé au service d'une puissance
étrangère, l'avait remis tout jeune
entre les mains de monsieur Bauer,

et qu'il ne l'avait presque pas connu. .

— Et votre mère? répéta Sidonie, d'une voix tremblante, votre mère?...

— Ah ma mère!... dit Robert en s'efforçant de retenir ses larmes, non! je ne puis songer à elle sans que mon cœur se brise! je l'aurais tànt aimée!.. Hélas! ses bras caressants me serrèrent une dernière fois, à ce qu'on m'a raconté; elle me baigna de ses larmes, et je ne la revis plus. Elle mourut en Suède ainsi que mon père....

L'accent avec lequel il prononça ces mots toucha Sidonie jusqu'au fond de l'âme. Elle ne put retenir ses pleurs. Ce n'était point son fils, mais il était né le même jour que lui; comme lui, il se nommait Robert; comme elle, sa malheureuse mère avait été obligée de s'en séparer et de le livrer à des mains étrangères. Dans ce moment, cet objet d'une émotion si tendre, les yeux pleins de larmes et fixés sur les siens, semblait lui dire : — Ah, soyez ma mère, puisque vous plaignez mon malheur !... Sidonie ne fut pas insensible à ce muet langage : elle tendit sa main à Robert; le jeune homme la pressa avec transport sur ses lèvres; cette faveur le rendait heureux, et il avait gardé son secret.

Il restait encore à Robert un autre bonheur à goûter. Hermann, en lui racontant tout ce qui lui était arrivé depuis le moment de leur séparation, lui avait parlé de son père; ce père, qu'il croyait mort depuis tant d'années, vivait tranquillement à Lunebourg auprès de sa fille et de son vieil ami Siegmund. Le désir de le voir s'empara tout entier du cœur de Robert, qui fit aussitôt ses dispositions pour se rendre à Lunebourg. Sans révéler à Hermann le motif de son voyage, il lui demanda ses commissions pour son père, attendu que son intention était de se rendre pour affaire dans la ville qu'il habitait, et

Hermann, heureux de cette occasion
de faire connaître à son père l'ami
sincère dont il lui avait tant de fois
parlé donna à Robert des lettres
de recommandation des plus tendres pour son père, sa sœur et son
beau-frère Siegmund.

Robert, après avoir reconduit à B...
sa femme, à laquelle une santé déli-
cate ne permettait pas d'accompagner
son mari dans ce second voyage, se
mit sur-le-champ en route pour Lunebourg. Son extrême ressemblance
avec Hermann le fit prendre d'abord
pour lui par Helmine, qui, croyant
voir son frère, appela son père à
grands cris, en lui annonçant cette

bonne nouvelle. Robert eut besoin
de toute sa présence d'esprit pour
ne pas succomber à la nouvelle épreu-
ve que lui fit subir la vue de son
vénérable père et l'attendrissement
dont il ne put se défendre en entendant le vieillard dire d'un ton
ému : — Ah! c'est aussi mon fils!
L'ami de mon noble Hermann ne
doit-il pas être mon fils?

Robert raconta alors à la famille tout
le bonheur dont jouissait Hermann
dans son ménage, et le désir qu'il
aurait de les posséder quelque temps
près de lui. En effet, il était spéciale-
ment chargé d'engager Steuerwald,
son gendre et sa fille à venir passer le

temps des vendanges à Greifenberg.

A cette proposition, le sein de
Steuerwald se souleva péniblement;
on voyait qu'un souvenir douloureux venait de se réveiller dans son
âme. Il n'accepta ni ne refusa entièrement ; et Robert, qui connaissait
ses motifs, accomplit seulement son
message, mais sans en presser l'exécution.

Une lettre de son beau - père le
força d'abréger son séjour à Lunebourg, plus qu'il n'aurait voulu : Marie, qu'un commencement de gros-
sesse rendait fort souffrante, ré-
clamait sa présence. Il partit donc ;

mais, aux témoignages d'affection
qu'il reçut de son père, il put se
flatter d'avoir renoué les liens secrets
qui devaient les unir, si une fatale
destinée n'y eût opposé son pouvoir.

Quelque temps après le départ de
Robert, la jeune baronne de Greifenberg donna le jour à un fils. Le
vœu le plus ardent de Ludwig était
exaucé : la baronne douairière et la
comtesse Sidonie, dans leur joie or-
gueilleuse, firent préparer des fêtes
magnifiques pour célébrer la naissance de l'héritier du nom illustre de
Greifenberg : la dernière seulement
craignait mortellement que Ludwig,
maintenant lié plus que jamais

avec Hermann, ne l'invitât au baptême ; pourtant, quoiqu'elle se
permît d'ordinaire de blâmer Ludwig quand il était question d'invitation nouvelle, elle n'osa troubler le
bonheur de son neveu par aucune
remarque désobligeante à l'égard de
son ami. Toutefois, ses craintes ne se
réalisèrent point; Hermann était aussi
fier que Sidonie, mais il l'était d'une
autre manière. D'ailleurs il se sou-
ciait peu de toutes ces fêtes, dont
l'orgueil et la vanité faisaient les
frais.

Aussitôt que la nouvelle de l'heureuse délivrance de la baronne avait
été répandue dans le village, Hermann

avait couru au château féliciter son
ami; et la veille du baptême, il dit au
baron avec franchise qu'il l'obligerait
beaucoup en le dispensant d'assister au dîner d'apparat et à la fête
qui devaient avoir lieu. Ludwig voulait insister; mais les résolutions
d'Hermann, une fois prises, étaient
invariables : et quoiqu'il eût été doux
au baron de prouver, dans cette occasion, que toute animosité et toute
froideur avaient cessé entre les deux
familles, il fut obligé de renoncer à
ce généreux projet, ou d'en remettre
l'exécution à un autre temps. Mais,
en écrivant cet heureux évènement
à Robert, il l'engagea à venir célé-

brer la naissance de son fils, et re-
nouveler la fête de leur amitié, le
10 mai de l'année suivante, au pied
de la croix du meurtre, monument
qui lui était devenu cher et sacré depuis qu'il y avait acquis un nouvel
ami.

Robert reçut cette invitation avec
joie, et promit de s'y rendre. A la
vérité, cette naissance d'un fils dé-
rangeait un peu le plan de réconciliation complète qu'il avait imaginé
pour éteindre à jamais la vieille ini-
mitié des Steuerwald et des Greifenberg. Il eût mieux aimé que le baron
eût eu une fille, car il entrevoyait dans
l'avenir qu'une union entre elle et le

fils d'Hermann aurait achevé de combler l'abîme qu'une haine héréditaire avait creusé entre les deux familles. Robert se trompait ; ce n'était pas l'injure violente commise par par un Greifenberg, ni la cruelle vengeance exercée par un Steuerwald, qui avaient causé cette funeste division ; un démon plus terrible et plus implacable, l'orgueil, avait tout conduit : c'était ce génie funeste, cet ennemi du repos des familles, qu'il fallait sacrifier, anéantir....

A la fin de l'hiver Sidonie reçut la nouvelle que son oncle, le vieux général Raimbow, était tombé dange-

reusement malade, et demandait à
la voir avant de mourir. C'était le
frère de sa mère ; il l'avait toujours
tendrement aimée. Sidonie se rendit
à ce désir avec un tendre empressement. Le vieillard vivait retiré dans
sa terre, à quelques lieues de Greifenberg. Il témoigna une grande joie
à la vue de Sidonie, et quoique fort
affaibli, il eut encore la force de lui
dire : Ma chère enfant, depuis bien
des années je suis chargé d'un message de ma sœur pour toi, message
que je ne devais te remettre que
lorsque tu aurais passé l'âge de qua-
rante-cinq ans, et dans le cas seule-
lement où tu ne serais point mariée ;

je voulais attendre cette époque, qui
n'est pas, je crois, très-éloignée,
mais la mort pourrait bien ne m'en
pas laisser le temps..... Tu trouveras
dans le tiroir de gauche de mon secrétaire un paquet cacheté, à ton
adresse; prends-le, et, soit que le
mystère qu'il contient concerne ma
sœur, soit qu'il te regarde seule,
crois bien qu'il m'est toujours resté
inconnu....

Ces paroles remplirent l'âme de
Sidonie d'attente et de pressentiment; elle prit en silence la clé que
lui présentait le vieillard, et courut
à l'instant même chercher ce papier,
qui contenait peut-être toute sa des-

tinée. En ouvrant le secrétaire ses
mains tremblaient, et quand elle vit
l'écriture de sa tante sur la suscrip-
tion, une violente émotion la saisit,
elle fut obligée de s'asseoir. Que
vais-je apprendre? dit-elle enfin en
jetant un regard vers le ciel, comme
pour implorer sa pitié; elle rompit
enfin le cachet, et lut ce qui suit :

« Quand tu liras ces lignes, ma
chère Sidonie, je ne serai plus,
j'habiterai ces lieux où règnent la
vérité, l'amour, que nous cherchions
en vain sur la terre; et toi tu seras
parvenue à cet âge où l'expérience
rend le cœur, si non plus sage, du
moins plus tranquille.

» Pour conserver ton honneur et
assurer ton repos, j'ai dû t'imposer
un cruel sacrifice, Sidonie, je t'ai
trompée... Ton fils n'est point mort....
il vit à B***, chez le recteur Bauer,
auquel j'ai confié, non sa destinée,
mais sa fortune et son éducation;
comme tu étais ma seule héritière,
j'ai pu disposer largement de mon
bien.

» Pour assurer le sort de ton fils,
j'y ai pourvu d'une manière toute
maternelle; il peut se passer de toi,
ou du moins de ta fortune; ainsi rien
ne t'oblige, si ton cœur ne t'y porte,
à te rapprocher de lui : mais si ce
cœur, que je connais aussi tendre

que fier, te parle en ce moment,
écoute-le, Sidonie!.... Tu as sacrifié
assez long-temps à l'orgueil, et, dis-
moi, l'orgueil satisfait t'a-t-il donné
beaucoup de bonheur?.... »

Sidonie répéta tout haut ces dernières paroles, et sa propre voix fit
sur elle une impression profonde;
il lui semblait entendre sa tante lui
adresser cette question du fond de
son tombeau; l'émotion qu'elle en
éprouva rouvrit toutes les blessures
de son cœur. Non! s'écria-t-elle en
versant un torrent de larmes, non!
non! je le sens, c'est à lui que je dois
toutes les amertumes de ma vie; mais
les maux qu'il m'a faits ne sont-ils
pas irréparables?....

Le reste de la lettre contenait tous les détails que le lecteur connaît déjà, et les renseignements nécessaires pour constater l'identité de l'enfant remis à M. Bauer. En les parcourant, les noms de Bauer et de Forster furent pour Sidonie un trait de lumière. Robert! s'écria-t-elle en se rappelant les détails de l'enfance de ce dernier, Robert!... ô Providence! ô heureuse mère!.... ce noble jeune homme serait mon fils!... Ah! je comprends maintenant l'intérêt puissant que sa vue seule excitait dans mon âme! c'est mon fils! Dieu! c'est mon fils!....

La joie l'avait jetée hors d'elle-même. Tout à coup une pensée cruelle couvrit son front de rougeur : Robert connaissait son secret, elle en avait la certitude ; il s'était lié avec le jeune Greifenberg pour se rapprocher d'elle ; mais avait-il pu cacher ce secret à son ami de cœur, à Steuerwald ? O ciel ! être l'objet de la pitié d'un Steuerwald ! elle ! une Greifenberg ! la fière Sidonie ! Cette idée pensa faire évanouir toute la joie que lui avait causée cette découverte, et suspendit en elle le désir de faire part de son bonheur à son oncle, comme elle en avait d'abord la pensée. Elle referma la lettre avec soin ; et, toute rêveuse et agitée d'un senti-

ment tout à la fois amer et doux,
elle revint près du vieillard, indécise
encore du parti qu'elle prendrait.
L'état du malade demandait trop de
ménagements pour qu'elle l'entre-
tînt d'intérêts aussi graves pour elle
dans ce moment; elle remit donc à
l'en instruire plus tard, si toutefois il
venait à se rétablir. C'était une espèce d'accommodement qu'elle faisait ainsi avec elle-même, pour se
donner le temps de prendre une résolution, car, au bout de quelques
jours la santé de son oncle s'étant
améliorée contre toute espérance,
Sidonie le quitta, et retourna à Grei-
feiberg, sans lui avoir rien dit, et

sans savoir elle-même si jamais elle
aurait le courage de révéler un mystère qui remplissait à la fois son
cœur de trouble et de ravissement.

Elle passa ainsi quelque mois
dans ces alternatives; tantôt elle voulait parler, aller trouver Robert, et
lui dire : « Je suis ta mère, je le dis
» avec orgueil; donne-moi ce doux
» nom! il me tiendra lieu de gloire et
» d'honneur. » Mais la honte attachée
au malheur dont elle avait été victime,
mais l'idée de renoncer à cette réputation sans tache dont elle jouissait dans
le monde et dans sa famille, réputation qui lui avait fait obtenir le rang
de chanoinesse dans un des premiers

chapitres de l'Allemagne, était un effort dont elle ne se sentait pas capa-
ble. Tantôt elle voulait écrire à son
fils, et le supplier d'éviter sa présence, et de ne pas compromettre son
secret en venant à Greifenberg. Mais
bientôt son cœur se révoltait contre
cette pensée, inspirée par un craintif orgueil; et le désir de voir son
fils dominait tous ses autres sentiments.

Ce fut ainsi qu'elle vit arriver le
10 mai; elle n'ignorait point que ce
jour devait réunir les trois amis et
leurs familles sur la colline *du Destin*,
ainsi que l'avait nommée Robert. La
femme d'Hermann venait d'accou-

cher d'une fille ; et l'on devait célébrer ce nouveau bonheur en même
temps que la fête de l'amitié.

La veille de ce beau jour, on fit
de nombreux préparatifs au château
et chez Hermann. Le père de ce dernier, le vieux Steuerwald, était arrivé
avec sa fille et son gendre, selon la
promesse qu'il avait presque faite à
Robert l'année précédente, promesse qui lui avait coûté à remplir ; car
le seul désir de bénir ses petits-en-
fants lui faisait surmonter tout ce
que la résolution de revoir Greifenberg avait pour lui de douloureux.
Au coucher du soleil, il regardait
avec un sentiment plein de mélan-

colie les derniers rayons de l'astre du
jour briller sur les fenêtres de l'ap-
partement occupé autrefois par Sidonie. Il savait que depuis long-
temps elle l'avait quitté pour en ha-
biter un autre plus somptueux dans
le rez-de-chaussée du château ; les
fleurs qui paraient jadis ces fenêtres,
les oiseaux paisibles qui venaient y
recevoir des caresses et leur nourri-
ture des mains de leur belle maîtresse, tout avait disparu. Les cîmes
des arbres, que jadis Steuerwald avait
fait élaguer pour obtenir cet aspect
plus complet, avaient crû depuis
plus d'un quart de siècle, et leurs
feuillages touffus commençaient à

jeter comme de sombres et mou-
vants nuages sur la façade du château, qui n'apparaissait plus que par
intervalles, et comme un souvenir à
travers les ombres du passé. A cette
vue, le cœur de Steuerwald se serra
douloureusement; tout ce qu'il avait
appris de Sidonie, depuis son retour,
lui prouvait qu'elle n'était point
heureuse; et il sentait avec une in-
exprimable amertume que lui seul
avait troublé sa vie.

Hélas! l'objet de ces tristes ré-
flexions n'était point dans une situa-
tion d'âme plus tranquille. Sidonie
avait appris le retour de Steuerwald,
celui de Robert, de son fils; elle

tressaillait de joie et d'effroi tout ensemble, à l'idée de les rencontrer ;
il fallait pourtant s'y résoudre, car
la fête que les amis se proposaient
de donner devait réunir tous les
membres des deux familles. La baronne douairière elle-même avait
promis de s'y rendre ; et quand Ludwig, avec une tendre inquiétude, lui
dit : — Chère Sidonie ! manqueras-
tu seule à la fête de la paix, de l'a-
mitié, de la réconciliation ? Tous les
génies protecteurs de ces doux sentiments doivent s'y trouver, pourquoi hésiterais-tu à y paraître ?....
Je sais quel effort je demande à ton
cœur, continua-t-il en baissant la

voix ; les souvenirs de mon enfance
ne sont point tous effacés.... Mais,
Sidonie, est-il donc des haines éter-
nelles, et ton cœur généreux ne veut-
il point enfin goûter la douceur de
pardonner?

Ces paroles causèrent un vif attendrissement à Sidonie, et lui firent
prendre une résolution digne de son
grand caractère : — Oui, dit-elle,
avec émotion, j'irai,... je pardonne-
rai;... mais tu ne sais pas tout ce que
j'ai souffert.

Ludwig avait trop d'intérêt à ménager ce cœur profondément blessé,
pour hasarder dans ce moment aucune question indiscrète. Il fit de

tendres remercîments à sa tante, comme si elle se fût déterminée à vaincre son aversion pour lui seul, et la quitta, après être convenus de l'heure à laquelle toute la famille se réunirait le lendemain.

Robert était arrivé la veille au soir, et avait amené avec lui des ouvriers qui, la nuit même, disposèrent, d'après ses ordres, le lieu appelé si long-temps *la Croix du Meurtre*. Ils démontèrent ce monument de mort, mais de manière à ce qu'il se tînt debout encore; une colonne de marbre blanc, portant pour inscription les deux mots *union, oubli*, en lettres d'or, et destinée à le remplacer, fut cachée momentanément parmi les herbes hautes ; des bancs commodes furent établis sous les jeunes ombrages plantés par Hermann, des massifs de fleurs distribués à l'entour, enfin, le chemin de la colline fut aplani et rendu facile ; tout était prêt au lever du soleil.

On vit alors les deux familles, jadis ennemies, s'acheminer vers ce lieu funeste, dans un but de concorde et de paix. Le baron, sa femme portant son fils, sa mère s'appuyant sur le bras du vieux général, qui, bien rétabli et sachant la solennité qui se préparait, avait voulu y assister. Sidonie, seule, d'un pas incertain, venait à quelque distance; on voyait la crainte ou l'émotion pâlir et rougir tour à tour son visage, et ses yeux, souvent attendris, faisaient un contraste avec ce sourire un peu dédaigneux dont ses lèvres avaient contracté l'habitude.

Du côté des Steuerwald, s'avançaient Hermann et Robert, amis autant que frères, qui, les bras entrelacés, marchaient en tête du cortége. Derrière eux, venaient Amélie et Helmine, Marie et Auguste, tous avec leurs enfants entre les bras; et, par un singulier rapport avec la destinée de Sidonie, le vieux Steuerwald fermait la marche.

Les deux troupes venant de deux
points différents, et, suivant les sen-
tiers qui avaient été tracés par les
ordres de Robert, ne se rencontrè-
rent que sur la petite esplanade, où
les attendait un déjeûner champêtre
et élégant, préparé par les soins du
baron. Il y eut alors une aimable et
joyeuse confusion ; les mains se cher-
chaient, se pressaient, les yeux
étaient baignés de douces larmes, et
tous les cœurs étaient heureux.

Robert, à la vue de son père et de
sa mère réunis comme par le destin
dans ce lieu, ne put se défendre
d'une émotion soudaine qui lui pa-
rût prophétique ; il croyait sen-

tir l'heure de la réconciliation s'approcher; il s'était toujours considéré comme la victime choisie par le destin pour apaiser entre les deux familles l'esprit vengeur qui les tenait divisées. Dans le saint enthousiasme que cette pensée lui inspirait, il prit la main de Ludwig, qui lui présentait son fils, et celle de Hermann, près duquel l'heureuse Amélie, riche de deux enfants, les tenait tous deux dans ses bras : — Mes amis, dit-il d'une voix tremblante d'émotion, dans ce lieu, dans ce jour qui nous est sacré, en présence du ciel qui nous voit, et de tant de doux et chers témoins qui

nous écoutent, abjurez au nom de
vos fils, et des fils de vos fils, tous
sentiments de vengeance ; qu'un
pacte, un engagement sacré, en
liant d'avance ces deux petites créatures (il désignait la fille d'Hermann et le fils du baron), unisse à
jamais vos deux familles par l'a-
mour, comme elles ont été jusqu'à
ce jour divisées par la haine. Réconciliation! réconciliation complète!...

Ses larmes coulaient en disant ces
mots; son attendrissement avait ga-
gné tous les cœurs ; déjà les deux
jeunes mères, dociles à cette injonc-
tion, s'étaient approchées, et, par un
doux badinage, mettaient les petites

mains des deux jeunes fiancés l'une dans l'autre. Le vieil oncle, qui avait toujours aimé les mariages, applaudissait de tout son cœur; Steuerwald, auquel ce spectacle rappelait des souvenirs si doux et si cruels, murmurait tout bas quelques mots d'imprudence, de précipitation; mais tout le reste répétait à grands cris : Oui ! oui ! réconciliation ! réconciliation !... Dans ce moment, Sidonie, qui s'était tenue à l'écart, s'avança tout à coup au milieu du groupe, saisit la croix d'un bras, et, faisant de l'autre un geste imposant : — Arrêtez, dit-elle, ce n'est point à l'avenir à racheter les fautes du passé ; il faut au mauvais génie de nos deux maisons une autre réparation, et c'est moi qui vais la lui offrir... Écoutez ! écoutez, tous !... Robert est mon fils ! je suis sa mère !...

— Juste ciel ! s'écria la baronne douairière : Sidonie ! que veux-tu dire?... Non, ne la croyez pas, ajouta-t-elle en s'adressant à l'assemblée, que ces paroles avaient frappée d'étonnement et d'une sorte d'effroi.

— O mon fils ! dit alors Sidonie avec un accent déchirant, mon noble fils ! atteste la vérité ! dis, n'est-ce pas que je suis ta mère?...

— Ma mère !.... fut le seul mot

qu'il put prononcer, il la prit dans
ses bras, et ce cœur passionné jouit
enfin du bonheur de battre sur le
sein maternel.

Pendant ce temps, Steuerwald
s'était approché, et, élevant la main
vers le ciel : — Elle était innocente,
dit-il, je fus le seul coupable ! puis,
se jetant à ses genoux : — Pardon,
Sidonie ! pardon ! dit-il avec un accent déchirant ; et tous répétaient
autour d'elle : — Pardon, Sidonie,
pardon !... car elle demeurait silen-
cieuse, et le visage caché dans les
bras de Robert. A la fin, elle releva
seulement la tête, et, jetant un regard
plein de douleur, de joie et d'atten-

drissement vers le ciel : — Oh! j'ai
bien souffert! dit-elle, mais..... je
vous pardonne....

Ces mots furent le signal de la joie
générale, et Robert, tour à tour
pressé dans les bras de son père, de
son frère et de son ami, semblait
comme égaré, et son visage brillait
de ravissement.

A ce moment, il s'approcha de la
croix, et, l'ébranlant avec force, les
pierres disjointes se séparèrent; elle
tomba avec fracas, et ses débris rou-
lèrent au bas de la colline : — Dispa-
raissez, monuments funestes! dit-il,
et qu'un symbole de paix rem-
place celui de la vengeance! A ces

mots, faisant un signe à Ludwig, Hermann, Auguste et Steuerwald, tous ensemble, dressèrent sur le piédestal la colonne pacifique préparée à cet effet; tous, et même les femmes, voulurent mettre la main à l'œuvre; tandis qu'elles la soutenaient à l'envi, Robert et Hermann en assuraient solidement la base, en disant : — « Les hommes » passent, les monuments s'écroulent, » rien n'est stable sur la terre; mais » l'amitié, cette sainte réparatrice des » maux de l'humanité, est pour son » bonheur, impérissable.

FIN DU QUATRIÈME ET DERNIER VOLUME.

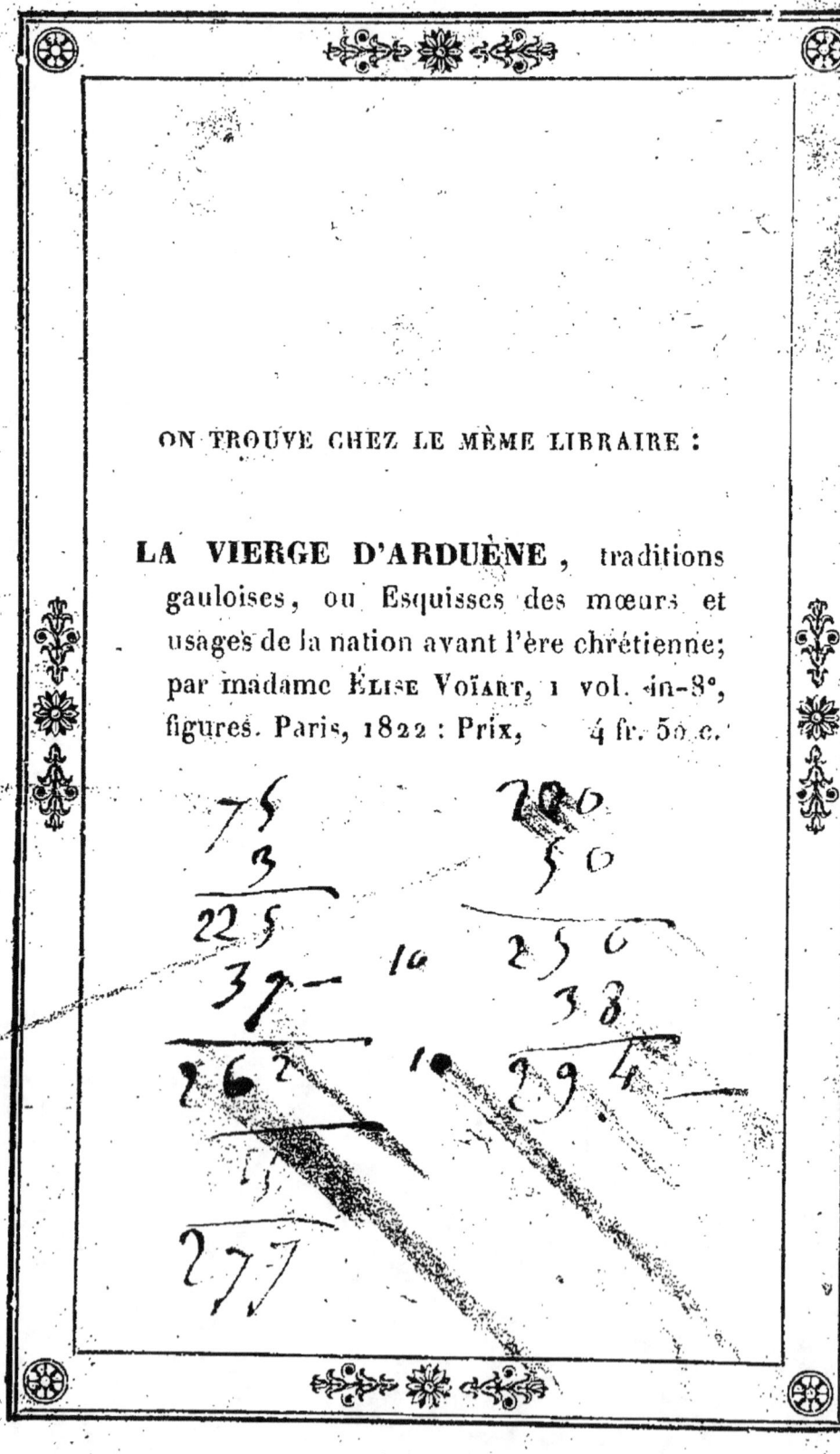

www.ingramcontent.com/pod-product-compliance
Lightning Source LLC
Chambersburg PA
CBHW061450030726
47503CB00005B/1651